郭明辉 /著

中国汽车工业的开拓者

ZHONGGUO QICHE GONGYE DE GONGGENGZHE

左延安

ZUOYAN'AN

全国百佳图书出版单位
APGTIME 时代出版
时代出版传媒股份有限公司
安徽人民出版社

图书在版编目(CIP)数据

中国汽车工业的躬耕者——左延安/郭明辉著. —合肥:安徽人民出版社,2013.10

ISBN 978-7-212-06945-2

Ⅰ.①中…　Ⅱ.①郭…　Ⅲ.①纪实文学—中国—当代　Ⅳ.①I25

中国版本图书馆 CIP 数据核字(2013)第 247243 号

中国汽车工业的躬耕者

——左延安

郭明辉　著

出 版 人:胡正义

责任编辑:张　旻　郑世彦

装帧设计:宋文岚

出版发行:时代出版传媒股份有限公司 http://www.press-mart.com

安徽人民出版社 http://www.ahpeople.com

合肥市政务文化新区翡翠路 1118 号出版传媒广场八楼

邮编:230071

营销部电话:0551-63533258　0551-63533292(传真)

制　　版:合肥市中旭制版有限责任公司

印　　制:合肥创新印务有限公司

开本:710mm×1010mm　1/16　印张:14.75　字数:150 千

版次:2014 年 1 月第 1 版　2014 年 1 月第 1 次印刷

标准书号:ISBN 978-7-212-06945-2　定价:32.00 元

序 一

雄风凝铁韵 热血铸企魂

徐 平

在《中国汽车工业的躬耕者——左延安》一书即将付梓之际，请我作序，我欣然应允。这不仅因为左延安先生是我的老朋友，还因为这本书讲述的是一个中国汽车人和一个汽车企业的非凡故事。这个故事，既充满坎坷，也充满传奇，更值得研读。

众所周知，对于一个历经生死存亡考验的汽车企业来说，江淮汽车能有今天的成就与辉煌，左延安先生居功至伟。事实上，左延安先生令人敬佩的不仅在于他的挽狂澜于既倒、把一个濒临破产的企业引上正途，还在于他掌舵江淮汽车22年，曾创下连续15年增长超过50%的优秀业绩，使一个名不见经传的汽车企业跻身全国汽车企业综合排名“前十”。从这个层面上说，左延安先生的汽车生涯，堪称传奇。

当然，拜读左先生的“躬耕”故事，又不仅仅只是一串亮丽的经营数据可以概括。他在带给江淮汽车发展活力与后劲的同时，也赋予了这个企业思想和灵魂。他被业界誉为用哲学管理企业的企业家，他率先创建学习型企业，培育特色企业文化，让学习和创新成为江淮汽车的长青基因。特别是，他对于汽车行业发展现状的思考，对汽车工业未来发展走势的研判，以及关于中国汽车自主创新、自主品牌发展的真知灼见，都是有益于当下汽车行业发展弥足珍贵的财富。

所以，入主江淮汽车以来，左延安先生获得安徽省有突出贡献的企业经营人才贡献奖金奖，被评为全国企业优秀思想政治工作者、全国机械工业优秀企业家、中国机械行业经营管理大师、中国汽车50年50位风云人物、新中国成立60周年十大风云人物、全国企业文化突出贡献人物、2010年度中国企业社会责任榜杰出人物、20年长青领袖奖。我以为，这是对他躬耕的肯定和倾注于中国汽车工业发展的最好褒奖。

然而，在这些光环的背后，又有多少人能体会左先生历任的艰辛。他曾经说过，做汽车犹如走上了一条不归路，他每天都如履薄冰似地经营着企业，回想这些年走过的路，始终都有更高的愿景在激励着他，不容他有丝毫的懈怠。或许我们可以从这些字里行间，品出一代共和国汽车人创业的甘苦，读出一份共和国汽车工业历史的况味。

雄风凝铁韵，热血铸企魂。如果说中国汽车工业发展是一辆不断前行的列车，那么那些敢于担当、勇于奉献的中国汽车人，就是这辆列车坚实的底盘。左延安——这位军人出身的企业家，这个被称为“车坛老兵”的潜行者、躬耕者，应该是其中不可或缺的一员。

回望过去岁月，新中国“汽车强国”的梦想一度曾遥不可及。而如今，中国汽车工业已实现了历史性的跨越，汽车强国的光明前景已经展现在我们面前。这是中国汽车业和中国汽车人的光荣，当然也是左先生这样的“躬耕者”的光荣!

历史赋予了中国汽车人神圣的使命，实现中国汽车强国梦任重而道远，空谈误国，实干兴邦。让我们胸怀梦想，脚踏实地，做好我们当下的每一件工作，为明天的汽车强国铺就一条坚实的金光大道。

是为序。

（作者系东风汽车公司董事长、党委书记）

序　二

实干家左延安

王亚非

空谈误国，实干兴邦。我认识的左延安，就是这样一位真正用心干事业的人。

左总，我总是这么称呼他。我们是多年老友，也是企业界的知音。在掌舵江淮汽车的22年内，他把这个曾经濒临破产的小厂变成了如今拥有上百亿净资产的集团公司。当他功成身退之时，留给江淮汽车的是一个迈向世界级企业的根基，而他的气质、眼光、情怀、创造力，更是弥足珍贵的企业财富。

每个人身上都有时代的印记，出生于1949年10月的左总是共和国同龄人；曾经的当兵经历让他的血液里流淌着“红色”因子，他有着这个年龄人的忍辱负重、谦虚低调、正直果敢、勇往直前。而与他相交的几十年，我发现他很推崇稻盛和夫和乔布斯，所以他既传统也现代，既中国也世界。他还成功地把这些思想融合在一起，形成自己的经营哲学，并提炼为江淮汽车的企业文化，让这个安徽地方汽车国企成为中国造车大军中不可忽视的新生力量。

不积跬步，无以至千里。任何企业的成功都不可能一蹴而就，江淮汽车亦然。我做过企业，做过政府官员，现在又回到企业，深知作为一个地方国企掌门人的不易。而在这个岗位上，左总辛勤耕耘22年，这22年，不少与江淮汽车同样背景的国有车企不是破产就是被重组，独立存活下来并进入行业十强的地方国有车企也只有江淮汽车一家。这不是偶然，江汽的发展的关键因素来自于左总的眼光。

对于人企合一的中国企业来说，一把手的眼光很大程度上左右了企业的发展方向。从1990年上任伊始挖掘市场空白专攻客车专用底盘，继而做整车进入轻卡、重卡、货车领域，再到做乘用车杀进轿车行业，到现在执着于新能源纯电动车，左总每每在选择关口的眼光独到，才让江淮汽车从弱小到强大、从活下去到活得精彩。江淮汽车曾创下连续15年增长超过50%的骄人业绩，让业内不得不侧目。

汽车是传统产业，有既定的学习目标，左总知道自己学习的对象，而且在学习之后他懂得创新，然后求变。江淮汽车的变革之路是渐进的、坚实的。在大型国企和跨国企业的夹缝中求生存，江淮汽车没有外资背景，就选择走自己的路，渐渐走出了基于学习创新的自主创新之路。

同样是国企掌门人，也是全国人大代表，我和左总沟通的机会比较多，在我们看来，其实国企掌门人必须承担多重社会责任。1997年以来，左总率江汽重组了9家地方困难国企。我也见证过他接手安凯后的运作过程，从平稳过渡到安凯的成功崛起，仅仅派出“一个半人”，更显示了左总的智慧。

活下来需要市场和技术，而做基业长青的企业则需要卓越的企业文化。去过江淮汽车的人都惊叹于江淮汽车生产车间的洁净与整齐，折射出的其实是企业强大的内控力。每天升厂旗、吹军号、做早操、开晨会，则是江淮汽车一道独特的“风景线”。

据我了解，从1996年开始，江淮汽车开始创建学习型组织。他们把《第五项修炼》的理论融会贯通，准确地定义学习型组织就是具有学习创新能力的组织，这个组织的成员通过工作活出生命的意义。

健全的学习制度，开启了江淮汽车的修炼之旅，提炼了高尚的企业精神，使江淮汽车成为最接近学习型组织的企业。

当年我从开放前沿的外经贸行业到了相对传统保守的计划经济痕迹很重的出版业，也是文化底蕴深厚、文人最集中的地方。进行转企、改造思想等活动，关键时刻请左总到集团给全体员工上了一堂创新观念和企业管理的课，他的演讲结合自己的感悟深入浅出，屡屡让人有醍醐灌顶之感。

左总的性格、为人、品质就是一部高品质的汽车。他吃过很多苦，仍然坚忍不拔，从不屈服。他总是笑眯眯，在轻声谈吐中说出很多真知灼见。现在常常提幸福感，在我看来，江淮汽车的员工都是很有幸福感的，上班时高高兴兴，下班后欢欢乐乐，这应该是躬耕汽车工业多年的左总留给江汽人不可磨灭的财富，也是值得我们所有企业家学习的地方。

他坚持自主品牌。安进接过他的接力棒后，江淮汽车又迈上新的征程。实业兴国，正是有江淮汽车这样的企业存在，中国的民族工业才更增添聚沙成塔、集腋成裘的亮色，中国汽车工业才能傲然世界汽车之林。他及他这一批创业企业家是中国脊梁，他的江汽产业更是中国底盘。

他的业绩就是历程，他的书就是教程。企业家中，我敬佩他，我喜欢他；我忘不了他，我要学习他！

（作者系安徽出版集团党委书记、总裁，
时代出版传媒股份有限公司董事长）

序　三

我心中的左延安先生影像

汤书昆

左延安先生于我是不折不扣的睿智长者，我们的相识说来有点偶然：1997年，我执教的中国科技大学承担江淮汽车公司中高层的管理能力提升专项培训。在授课时，总看见左董事长早早在第一排坐着，温和安详，认真听讲。当时作为年青教师的我心中漫想着，这个企业的董事长很重视学习，不仅自己认真投入，而且以持之以恒的表率使断续4个月的培训几乎座无虚席，这在当年地方国企培训中是相当难见到的景象，一时心中油然而生敬意。嗣后不久，在与企业学员的交流中意外获知左董事长竟然是20世纪80年代初清华大学管理学的研究生，原来，静心听讲的左先生居然是管理理论与方法的“善知识”，于是，敬意中平添了诸多敬畏的内容。

也正是在1996年，江淮汽车公司在左董事长的倡导与引领下，开始大张旗鼓地打造“学习型组织”，并于1998年正式确立了“40+4”团队学习成长模式（即每周全员工作40小时+周末学习4小时）。日后，这一持续十余年未间断的学习模式成为中国企业界的一道风景线备受关注，而江淮汽车也从一个体量很小、资源十分短缺的地方企业成长为年销售额近400亿元的中国自主品牌汽车企业的精英。在江淮汽车公司推进“学习型组织”成长模式的历程中，我也有幸受左延安先生之邀，参与了若干组织文化构建流程，并因此而与左董事长有了较深入的交往与亲近。

左延安先生是一个众人印象里严谨、务实、坚定的企业家，我和诸多江汽人一样看见左董事长20多年如一日早来晚归，在他的办公室、生产管理现场或培训学习现场工作着，他以挚着而充满意志力的方式和精神状态，持之以恒地推动着企业不停步地走向更高目标。

然而，左延安先生另外的精神界面同样令我至今记忆如新。大约在1998年，有一天晚上在他的办公室交流完工作后闲聊，左先生突然很动情地说：现在社会公德破坏严重，民众普遍都对公德底线的坚持无所谓或呈机会主义立场。比如开车闯红灯，只要没有监控，自律性很难保证（当年交通监控设施的安装还不普遍），我很希望江淮汽车在文化精神上有所坚持，但这确实很难啊！像我自己坐在车上时，我的司机开车遇见红灯亮时，即便是在乡野无人之路、深夜无车无人之时，或者是别的车已闯红灯疾驰而去，我的司机一定会安静地等待绿灯亮时才发动。我的希望是我不坐在车上时，我的司机也能一如既往地坚持；如果扩到更大的愿景，我的希望是江淮汽车公司的员工都能做到不管别人怎么做我都不闯红灯，让“江汽人”从内在精神上表现出不随波逐流的形象。

说实话，当年我听完左董事长讲述的江汽愿景小故事，内心里是非常意外的，因为我印象中相识不久的左董事长是十分质朴务实的类型，没有想到他的精神天地是那样充溢着理想和信念，而且保持着仿佛“知其不可而为之”的张力。当然，惊讶之外我是非常有触动的，因为左延安先生的坚持与愿景一方面与我的价值观很契合，另一方面也对我日常的妥协习性有所刺激，让我反省观想行事时常常有的随众的缺点。在长达16年的交往中，类似上述的人生小故事还有若干，这些经历对我的人生与行为调整形成了良好的促进，所以我在内心里一直视左延安先生为良师益友。

左延安先生对当代中国自主品牌汽车产业的重要贡献有目共睹，也无需我再评述。不过，在成就这一段历史的过程中，作为经典自主品牌——江淮汽车公司董事长的左延安，其心中的复杂感受我却想做一个小小的补白：在江淮汽车股份公司董事会以及私下的场合，曾不止一次听左董事长对中国汽车产业全面开放政策设计的无奈与不平。他认为，从20世纪90年代开始，约20年的时间，全世界几乎所有有影响力的汽车厂商都在中国大陆安营扎寨，以合资品牌汽车制造与销售的方式占据了中国汽车产业的大半壁江山，而且在关键技术与品牌溢价上，保持着压倒性的优势。中国在国际化大潮中的民族汽车产业可以说是举步维艰，这与日、韩、美、德等汽车强国产业成长的历史是大相径庭的。

今天，左延安先生已经荣休而不再担任江淮汽车公司的董事长，他的坚持、探索与遗憾已经成就了经典的江淮汽车的历史往事，并深深地楔入了中国汽车产业创新成长的路径之中。左延安先生新的人生之路正在以新的精彩方式开始书写！

（作者系中国科学技术大学人文社会科学学院执行院长）

前　言

2012年3月，左延安光荣退休。对于江淮汽车集团（以下简称江汽）而言，意味着左延安时代的结束，而对于左延安来说，则标志着一个普通老人生活的开始。

众所周知，左延安因瞄准中国客车专用底盘一举成名，江汽以打造中国客车专用底盘而发家。底盘，成为左延安和江汽的光荣，载入共和国汽车发展史。毫不夸张地说，没有底盘，就没有今天的左延安，就没有今天的江汽！

回顾共和国经济发展史，国企在国民经济发展中一直处于非常重要的地位。如果说中国经济发展是一辆高速运行的列车，那么把国企引上坦途的企业家们，就是这辆列车坚实的底盘。

左延安应该是其中不容或缺的一员。

2012年春节后，央企东风汽车的几位高层专程赶往合肥，看望刚刚卸任的左延安。看望这位业界的老大哥，“东风”的朋友显然是有备而来，他们不仅送来了真诚的新春祝福，而且送来一份精心制作的纪念品，上面除了一张左延安的照片，还有一行字：

“中国汽车工业的躬耕者——我们的好朋友——左延安”。

一

应该说，在中国的汽车社会到来之后，江汽已经广为人知了。

“安徽江淮汽车集团有限公司成立于1997年5月18日，截至2010年底，江汽集团公司拥有总资产228.5亿元（合并数），汽车年综合生产能力60万辆。集团拥有江淮汽车、安凯客车两家上市公司和江汽专用车公司等十五家全资、控股子公司，已形成商用车、乘用车、客车、零部件和汽车服务五大业务板块。主导产品在各自的细分市场均占据优势地位：客车专用底盘销量连续二十年位居行业前茅，轻型载货汽车销量位居国内第二，出口量连续十多年位居全国第一，瑞风商务车连续多年位居全国第一，客车销量位居行业前五位。2010年，江汽成功完成了‘布局、转型’的战略任务，实现了完美收官。全年江汽集团公司产销各类整车46.4万辆，同比增长43.65%；实现营业收入346亿元，同比增长46.6%；增幅均超过行业平均水平。2011年，江汽集团公司整车销售突破50万辆，跻身行业‘前十’，整体跑赢了行业大势……在‘十二五’末，力争实现整车销售突破百万辆，总体销售收入突破1000亿元。利用5到10年的时间，把JAC打造成具有较强国际竞争力的中国汽车业主力厂商。”

这是从江汽（JAC）官方网站上摘编的一段文字，和所有的企业简介一样，其中充满了数字和术语，不甚好读，但是如果持一份耐心，或许可以从字里行间品出一代共和国汽车人创业的甘苦，读出一份共和国汽车工业历史的况味。

江汽的前身是巢湖汽车配件厂，1964年从巢湖岸边搬迁到合肥，正式更名为合肥江淮汽车制造厂。这是安徽省第一家汽车制造厂，曾经负载着安徽人的汽车梦想，于上个世纪六十年代，手工敲打出安徽第一辆汽车，成为安徽汽车的一段光荣记忆。然而，十年“文革”，又把蹒跚起步的合肥江淮汽车制造厂推入泥泞，背负着安徽汽车的梦想，蜗行十年。

所幸的是，改革开放以来，江汽重新找到了发展的方向。在梦想的此端，开始艰难前行。然而，作为地方国企的江汽，由于享受不到计划份额，正业的底子太薄，很快陷入困境，上世纪八十年代中后期，举步维艰。20世纪90年代，世界汽车工业发生了翻天覆地的变化，年产数百万辆规模的产业巨头相继携手，组成超大规模的“星系团”，以聚变的形式改变着世界汽车业的格局。而此时，1990年，走过了27年历史的合肥江淮汽车制造厂被市场经济的大潮推到了生死攸关的十字路口，企业当年的汽车销售量已经降低到了不足1000台，销售收入3002万元，公司的净资产数额几乎为零。品种单一、生产能力低下、经济困难等，所有这些，使一个3000多人的大型地方国营企业，被逼到靠劳务代工来勉强度日的无奈境地！

这是一个时代的尴尬。当时的江汽流行一句口头禅："江汽厂，搞不好！"其时，不仅仅是企业效益不好，而且人的精神状态也处在低谷，一句话：精神快要垮了！

但是，幸好这时候有了"变化"。多年之后，许多江汽人都说，如果没有"变化"，就没有今天的江汽了！

这里所说的"变化"，是指在上世纪九十年代初，厂领导班子更换，时任副厂长的左延安走到了前台。这个"变化"里，还有一层意思，左延安受命于危难之际，没有难中出乱，而且非常冷静，很快制定对策扭转江汽的"低谷"局面。

3000多职工，老老少少，大眼瞪小眼看着文质彬彬的左厂长，"恨不得他一翻手，厂子就活了，路子就通了，日子就好过了"。然而，左延安毕竟不是神，他需要时间去思考如何让这个巨大的包袱轻松着陆，他需要全厂人的共同协助，让企业走出黑暗的低谷！

二

左延安，1949年10月出生，共和国同龄人。和所有同代人一样，经过那个特殊时代洗礼，在左延安的血液里流淌着"红色"是正常的，随后，历经五年军旅生涯，毛泽东思想对他的影响不言而喻，所以，有媒体说，左延安属于中国优秀国有企业家中，最为"中国"的那一类，他们正直、多思、自律、慎重、讷于言而敏于行，而且有着浓重的民族情结和革命乐观主义精神。

如今，在中国汽车业界，提到左延安，无人不知。这位军人出身的企业家，在江汽这家地方国有汽车企业掌舵22年，被业界视为奇迹，以致业内人士直呼其为“江汽教父”。

在“百度”里，对左延安有如下评语：“这个被誉为‘车坛老兵’的潜行者，在中国汽车界领袖中，不是最帅的，不是最年轻的，也不是最有野心的。在他身上，甚至很难让舆论媒体找到颇有噱头的炒作点。但正是这样的一个老者带领着江汽由20世纪90年代初的一个濒临倒闭的小厂发展到如今拥有上百亿资产的上市公司！业界对左延安有尊敬，也有不解。他拯救了曾经濒危的江汽，在过去的几十年里为江汽创下连续15年增长超过50%的骄人业绩，只不过在花甲之年所主导的轿车战略，尽管已有起色但前路依然艰辛……可是这位老人依然毅然决然地行进在带领江淮汽车走向辉煌的路上!”

事实上，说到江汽，必然提到左延安，在近二十多年中，二者之间，密不可分，甚至可以说，没有左延安就没有现在的江汽。这从江汽官网公布的大事纪中可以得到明证：

1990年5月，左延安任厂长。

1993年10月，江淮汽车年销量首次突破1万辆。

1995年，客车专用底盘销量名列全国第一。

1996年4月，代表当时中国最时尚、高品位、完全自主研发的第一辆轻卡HFC1061下线。

1997年5月，江汽集团公司成立。

2001年8月，江汽股份公司股票在上海证交所上市。

2002年3月，瑞风商务车正式下线。

2003年12月，江汽集团公司收购并控股安凯股份公司。

2004年9月，江淮汽车年销量首次突破10万辆大关。

2005年6月，“JAC·意大利研发中心”成立。

2006年5月，《JAC宪章》隆重发布，标志着企业文化建设进入新纪元。

2007年3月，中国真正自主品牌的越野型轿车瑞鹰上市。

2008年1月，第一款轿车宾悦上市。

2008年11月，第二款轿车同悦全球同步上市。

2009年10月，和悦、和悦RS全球上市。

2010年12月，江淮汽车第200万辆整车下线。

在这一组“大事纪”中，可以看出江汽发展步伐的加快和步履的坚定，同时也可以看出，作为“舵手”的左延安清晰的思路和经营的智慧。事实上，从当初争夺生存权到寻求发展机遇，左延安带领江汽走过的，不仅仅是一条生存发展之路，同样更是一个思考选择的过程。

1990年上任伊始，左延安便做出“避开大路，占领两厢”，“集中优势资源重点发展客车专用底盘，适时发展整车”的发展战略，以生产中国当时尚属空白的轻型客车专用底盘作为产品更新的突破口，改变了我国长期用货车底盘改装客车的局面，从而走上了江汽突围之路。在向第一个5000台目标冲刺时，左延安提出“面向市场、面向行业、扬长避短，实现产品战略大转移”的思想，迈上了新的台阶。万台下线，在具有跨世纪意义的时间里，面对内部出现的骄傲情绪，左延安又掀起企业内部的“集体反思”。在企业强大之后，左延安着手营造企业文化，坚定了江汽“学习”的信念，围绕企业的共同愿景，推动整个团队投入无止境的学习和动态协同，力图使团队处于最佳搭配状态。面对“入世”的机遇和挑战，左延安一直坚持独立思考，从不跟风经营，怀揣“冬天穿棉袄，夏天带草帽”的朴素哲学，带领江汽孕育出独特的企业文化。在进军轿车领域之后，左延安为捍卫民族汽车工业的大旗，在自主品牌的道路上昂然前行，不为一己之利，只想为中国能够再诞生一个强大的民族汽车品牌！为此，每一次参加“两会”的议案和建议，每一次面对媒体，左延安都要为中国汽车的自主创新和自主品牌鼓与呼。可以说，左延安一直用一位中国企业家的睿智眼光打量着世界，不遗余力地为江汽、为中国自主品牌汽车，寻找一个光明的未来！

三

在新闻丛生的中国汽车界，左延安是公认的“异数”，业内人士都知道“老左低调”，但是很少人知道他为什么低调。左延安自己的说法是：“这不是低调，而是自我保护的策略，保护自己，也保护企业！企业经营者要学会保护自己和企业，要清醒地认识到，舆论是把双刃剑！”这是中国式的睿智，还是一个地方国企当家人的无奈之举？

左延安性格温和，谈话时未必分出一二三四，也能见其中很好的条理和逻辑。媒体普遍的印象是，左延安说话时没有“嗯嗯啊啊、这个那个”之类的附赘，干干净净，而且语调平缓，如知己间的聊天，说再大的事，也能如微风拂水，远没有一些企业家如同演话剧似的一惊一乍。不过，左延安更多地用眼神强调话语的内容，更让人易于接纳。据与他长期共事的人说，他一直是这种风格，跟他谈话能谈深。他的下属们说，董事长说话和蔼可亲，像一家人。

对企业和员工来说，这是福气！

收集关于左延安的评论，并不是难事，各大媒体都有刊载，总结起来，最令人信服的还是同行们的评价。原一汽老总竺延风、力帆老总尹明善都在不同场合说过：“在做汽车的人中，我最佩服左延安！”之类的话语。

事实上，左延安令人敬佩的不仅是做出世界知名的汽车企业，更是把一个濒临破产的地方国企，引上了正途。在左延安“掌舵”江汽的22年里，曾经创造无数的辉煌，客车专用底盘，多年来一统江湖，“江淮汽车”成功上市，并完成股权分置，兼并多家国企，导入江汽文化，进军轿车领域，成为“中国最后一个做轿车的”国企。到2010年第200万辆江汽车下线时，江汽已经从一个名不见经传的地方国企，跻身全国汽车企业综合排名“前十”。

这是安徽企业的光荣，也是中国汽车业的光荣！然而，这份光荣来之不易，其中的甘苦，左延安自知。还是在退休前，左延安梳理过往，总结出五个不容易：

一是，危难中起步，没要国家一分钱投入，不容易；

二是，作为地方国企，并购9家地方困难国企，且都生存下来，并进入良性发展的状态，不容易；

三是，当年全国9家同类型的地方国有汽车企业，迄今仅存江汽一家，不容易；

四是，做卡车的企业没有通过合资，做出轿车，不容易；

五是，地方国有汽车企业进入中国汽车工业“前十”，不容易。

在这五个“不容易”中，前四个都比较容易理解，第五个“不容易”，似乎不容易理解。迄今为止，在中国汽车工业“前十”中，江汽是唯一一个“地方国有汽车企业”。这个“地方国有汽车企业”之名，乍一看没有什么不一样，但是仔细一分析，其中的“特殊”便不言而喻了。“地方”、“国有”、“汽车”三个定语，犹如三重束缚，个中滋味，外人难知。

“首先，所谓地方企业，它的资源禀赋不如央企。第二，作为国有企业，和民企也是不一样的，对内对外管理体制没有那么简单。第三是汽车企业，众所周知，汽车业在中国已经充分的市场化、国际化。全球没有哪一个国家像中国这样，把全世界最优秀的汽车企业都全部请进来，而且多数都完成了布局。在乘用车领域里面，一个做了十年的新手或者做五年的新手，和一个做了100年的老手同台竞技会是什么样的状况？可想而知。”

这是左延安的切身体会，深刻而无奈！

在本书采访写作过程中，左延安特别强调江淮汽车这二十多年来的快速健康发展，首先得益于这个改革开放的伟大时代，还要感谢安徽省委、省政府及主管部门的教育、培养和信任，更要感谢江淮汽车全体员工的爱护和支持，所有的业绩都是江淮汽车的领导团队和全体员工共同创造的，总结提炼的经营管理思想是江淮汽车领导团队智慧的结晶。这番话真实地道出了左延安的品格特质。

目　录

1 从来就没有救世主

从来就没有救世主，要生存、要发展全靠我们自己。自己的工厂必须由自己来建设，自己的福利也必须靠自己来创造。任何消极、悲观的情绪都是徒劳，任何懒散、拖拉的作风都要不得，只有靠我们全厂职工才智和辛勤的汗水去战胜困难，冲破困境。

“代”字没了，担子沉了

1990年5月20日，阳光灿烂。就是在这一天，左延安从原来的代厂长成为厂长。对左延安来说，头衔里去掉一个“代”字，责任显然大有不同。

这一年左延安41岁，年届不惑。左延安从代厂长到厂长，共经历了大半年的时间。当时，在全厂职工眼里就是自然而然的事，没有引起多大的反响。对当时的合肥江淮汽车厂职工来说，日子一如往常，对左延安来说，似乎也没什么两样，只是安徽省机械厅盖着大红印章的任命“文件”下来了而已，该他考虑的事，昨天没想好的，今天还要接着想。

合肥的五月，已经有了夏天的意思，动一动就会一身汗。为了省电，左延安把电风扇开到最小档位上，这是他的习惯。

看了一些文件、报表，听取几个部门的汇报，左延安在办公室坐不住了。他要到车间去看看，这也是他多年来的习惯。

车间里没有热火朝天的场面，四处随意堆放的成品半成品，布满灰尘的设备，三三两两扎堆聊天的工人，……这一切，都是左延安熟悉的。左延安没有当场批评任何人，不当众批评指责，也是他的习惯。

他在车间转了一圈，无声地看，无声地想，时不时弯下身来，把看到的散落的螺丝螺母什么的捡起来。这也是他的习惯。

走在厂区浓密的柏树荫下，左延安心里颇多感慨。这一排排柏树都长成人腰一样粗了，可是厂子却越来越“倒板（合肥方言：不好）”了。柏树长大，一定是顺应了自然法则，那么，企业没有成长起来，是不是违背了市场经济法则呢？

当然，这是左延安的内心疑问，没有人给他一个明确的回答，柏树也不会给他回答，但是，柏树四季长青顶风傲雪的高尚品格似乎在激励着他……

米兰·昆德拉曾以小说家的口吻说过：人类一思考，上帝就发笑。这是小说家的思维，但是作为企业家，是不是一思考，上帝就发笑呢？

多思善悟，是左延安的另一个习惯。看来，这个中的奥妙，只有左延安自己去体悟了。

自诸葛孔明以降，凡是对于紧急状态下立马横刀力挽狂澜者，往往会使用一句经典的话，此话出自诸葛先生的《出师表》："受命于危难之时"。然而，说左延安是"受命于危难之时"，不仅一点都不过分，而且非常合适。

1990年是第七个五年计划的最后一年，也是江淮汽车厂建厂以来遇到困难最多的一年。对于厂里现有的家底，左延安比谁都清楚。为什么说是最困难的一年？原因当然是多方面的。

首先，资金紧。当时，每个月的固定支出大约在100万元，这就意味着每月要有100万元的毛利才能维持固定费用支出，而上半年每月销量还不足100台，上半年生产资金占用1820万元，产品资金占用已达4400万元，其中很大一部分是历史上遗留下来的沉淀物资所占用的资金。说到底就是企业马上揭不开锅了！

其次，效益差。当期库存400多台车均为高成本车，每台要高出车价7000元。投入产出陷入恶性循环，流动资金贷款近2500万元，每月支付流动资金贷款利息20余万元，应付未付款860万元，专项贷款1700多万元。

还有，债务重。职工集资202万元，建行债券154万元。

另外，旧账多。历来积累下来的职工福利旧账一时难以兑现，职工情绪波动很大，严重影响了职工的积极性。职工吃不饱肚子，你光举鞭子也没用。

当然，产生目前困境的原因，有外部的宏观因素，也有内部的管理问题。

当时，国家宏观经济处于调控期，汽车行业首当其冲受到冲击，国家大型骨干企业在1—4月份都出现了不同程度的亏损。而安徽省内的汽车工业面临的情况更为严重。

改革开放后，汽车行业通过十多年的发展，已逐渐形成了较强的竞争态势。加之产品结构不合理，同质竞争，使本来就萧条的市场竞争更加激烈。这一切在1990年前后，表现得尤为突出。低层次的竞争，可谓硝烟弥漫，短兵相接了，什么招都使出来了。最狠的一招是“地方保护”。按照中国人“肥水不流外人田”的思维，许多地区采取了各种地方保护政策，限制外省汽车进入本省市场。仅这一招，就让江汽1990年上半年销往省外的汽车比上年同期下降了50%以上。一下子减少一半，可想而知，对江汽这样的企业来说无异于雪上加霜!

越想越多，越想越复杂。所以，履新的厂长左延安，一点也高兴不起来。

1990年7月3日，左延安上任厂长不到两个月，厂四届五次职代会召开。

左延安非常重视这次职代会，因为这是他第一次以厂长的身份坐在台上作职代会报告。而这个报告在很大程度上，是他作为新厂长的就职演说。

为了这次职代会，左延安做了充分的准备，他想让全体职工明白他所代表的厂领导班子的想法，也想让全体职工明白，前途是光明的，道路是曲折的。为了不让地方口音影响到讲话的效果，左延安还有意识地校正了口音，尽量表达清晰，调动了演讲艺术，以求打动与会者。

左延安的讲话非常成功。他没有只报喜不报忧，而是先说忧，再报喜。他首先分析了当前存在的问题及原因，然后，把有利因素一一加以分析，归纳起来，一共六点：

一、思想准备不充分，从上到下均有等靠思想，在困难面前缺乏有力的应变措施；

二、产品缺乏竞争力，反映在质量和价格两方面；

三、内部管理层次不清、职能不清，管理不严；

四、决策还未能做到程序化、科学化、民主化；

五、内部挖潜不够，大量的人力、物力长期闲置；

六、未充分注重人的素质提高。

这第六条“未充分注重人的素质提高”是引起左延安所特别关注的问题。在下半年的工作安排中，他特别强调：“注重职工培训，从根本上提高企业素质，企业素质最根本的就是人的素质，企业的竞争说到底是人才的竞争,要创新就要学习，不但干部要学习，工人也要学习，技术人员也要更新知识。”

也许，这是左延安思考“学习”的重要性的开始。这对企业来说意义非常重大。

“自己的工厂必须由自己来建设，自己的福利也必须靠自己来创造，对眼前的困境也是如此，任何消极、悲观的情绪都是徒劳的，任何懒散、拖拉的作风都是要不得的，只有靠我们全厂职工的聪明才智和辛勤的汗水去战胜困难、冲破困境。”

左延安这样鼓励鞭策着他的职工。类似的意思，左延安至今还在表达，但是因为历经磨难，左延安说到这些时，神情会更加坚定。

集体敲砖

一个人如果想从人生低谷中爬出来，不是件容易的事，何况一个大型国有企业！企业和人一样，精神没了，也就不可能有作为。当然，左延安当时没有指望一两天就把大家的精神头儿提起来，他要寻找一个好的机会，把大家的心都收到企业中来，让大家知道，只有企业好了，大家的日子才好过。

1990年夏，合肥市要拓宽厂区门前的东流路，公司北大门及围墙内十几米宽的厂房要拆除。这正是“屋漏偏逢连阴雨，头疼又遭刀子风”。别看拆的都是不值钱的砖头瓦块，但是对当时的江汽厂来说，这也算是伤筋动骨了。

大量被拆下来的红砖凌乱地散落着，只要敲掉上面附着的水泥块，仍可以正常使用。对一个亏损企业来说，能节约每一分钱都是好的。事实上，即便是敲一块砖能给企业节约一分钱，作为一个企业的老板，想靠敲砖来让企业的日子好起来，也是不可能的。但是，左延安去敲砖了，他不会错过这个机会，他想借机把大家的心拢到一起，慢慢把大家的精气神提起来。

厂长敲砖了，其他的厂领导自然也会跟着上，领导们都敲砖了，职工慢慢也坐不住了。于是，上至公司领导，下至离退休员工，下班以后，拿着瓦刀、锤子，搭着毛巾，在夏日夕阳的余威和弥漫的灰土中，一块块砖被清理出来，摞成堆，运走了。

故事就是如此，看起来没有什么悬念，甚至有些乏味。“集体敲砖”这个故事，在现在的江汽几乎无人不晓，并不是说这个故事多么曲折动人、多么惊心动魄，而是它附载的意义对江汽来说，非同寻常。

这个故事，被许多媒体报道过，几乎都是这样一个版本。这个故事，最能反映江汽当时的困境，以及面对困境所能采取的无奈的选择。

如今，江汽不会再像1990年那样“集体敲砖”了，但是另外形式的“集体敲砖”一定还在进行。因为，江汽需要这样的故事，以及故事所承载的精神。

“集体敲砖”反映出企业员工的心还没有散，还能拢到一起，如同一个家庭一样，心齐才能过难关，这让左延安看到了发展的信心。

后来，左延安曾说：“可以给刚进厂的青年员工讲讲敲砖的故事，那时候，敲一块砖的报酬是五厘钱，可是我们上至公司领导，下至普通员工，甚至退休员工都会去干，为什么？一是员工为企业分忧解难、节约开支，二是江汽有着艰苦创业、勤俭建厂的好作风。”

可见，左延安对这个故事以及故事所承载的东西是多么看重！

这个故事，在江汽一直作为厂史流传，也作为励志故事一遍遍地讲给年轻人听。

1991年的“傍大款”

职代会开过之后，左延安和他的班子成员开始思考如何走出困境。也许因为左延安有过一段军旅生活的缘故，他所制定的企业发展方略，喜欢用军事术语来表述，听起来简洁明了，而且颇有煽动性。这一时期，左延安的方略是：“南下北上”。

“南下北上”干什么？找出路！

当时，国内已经出现企业界“寻租”现象，而社会上同时正流行一个词：“傍大款”，这个词显然比“寻租”听起来委婉含蓄，同时也带有一些无奈的自嘲。当时国内许多陷入经营困境的中小汽车企业正在寻思“傍大款”，而且有的已经“傍”上大款了。所以，左延安以及班子成员自然而然地会想到“傍大款”。事实上，在当时，再不能想出比这更好的办法了。

时至今日，江汽人依然把当年南下北上的“寻求合作”称为“傍大款”。“傍”有依附之意，是弱者的选择。但是，从如今江汽人的语气和神情上分析，说当年“傍大款”，其实有点自我解嘲的意思，也有一种胜利后反省的潜因。

事实上，江汽当年“南下北上”寻求合作，并没有结果，但没有结果不等于没有作用。现任江汽股份公司党委副书记王东生对这件事的看法是：“这件事，让我们彻底地清醒：靠谁都不如靠自己！”

这是用痛苦和委屈换来的清醒，既为清醒，说明那份痛苦和委屈的付出，值！

凡是经历过那一段的江汽人大概永远不会忘记，那颇富戏剧性的一幕幕，那把当时的江汽人抛向成败“拐点”的一幕幕。尽管对当时的江汽人来说，“导演”那一幕幕实在是无奈的选择。

那是1990年，经过多方努力，江汽人把希望寄托在一个央企汽车企业“重量级”的负责人身上。经过“传奇”似的努力，终于请来了一个颇具规模的考察团。考察匆匆结束，临走时，人家留下了一句话，作为对江汽热情款待的回报。

他们说：“你们（企业）太单薄了。”

说罢，考察团走向厂门外，驱车绝尘而去，空留下3000多江汽人呆呆的目光和一张张失望的脸庞！

江汽人沉默了，心凉了！同时，江汽人热血沸腾了！

江汽人的自尊受到了前所未有的伤害，这种“剃头担子一头热”的“单相思”给江汽人留下的只有一句话。此时，左延安恍然大悟：“从来就没有救世主，在市场上谋生存，靠谁都不如靠自己！”

2 博 弈

从定位在客车底盘，拼搏在客车底盘，憧憬在客车底盘，从生产中国尚属空白的轻型客车专用底盘寻找突破口，集中工厂全部资源，把底盘HFC6700会战放在一切工作的首位，改变我国长期用货车底盘改装成客车底盘的局面，让企业从此走上再造之路。

什么是魄力

左延安是个性格内敛的人，单从斯文的外表来看，更像个书生，因此，当时在一般人的眼里，左延安不是“有魄力的人”。早在安徽省机械厅下来考察左延安担任厂长的时候，就有人反映这一看法，也有一些老同事当着左延安的面说过：“小左，做人不错，人品好，搞技术行，但是当领导就缺少魄力了。”但是，当时的老厂长王明杰在调往省汽车工业公司工作的时候，却力荐左延安，认为左延安是江汽当家人的最合适的人选，无论是年龄、学历、性格、专业、经历等方面，江汽再没有比他合适的人了，这就更加坚定了时任省汽车工业公司总经理王立声启用左延安的信心。

其实，一个人有没有魄力，单从外表是看不出来的。对于一个企业家来说，真正的魄力，是在关键的时候，敢于决策，果断、准确！作为企业的“一把手”，左延安可能缺少的是“一把手”的经验，除此之外，什么也不缺，包括魄力。

左延安做了厂长之后，头几个月没有向大家展示他的魄力，或者说，他还没有找到展示魄力的机会。自从“傍大款”失败之后，左延安心里也不是滋味，只是作为一厂之长，没有“形于色”而已。但是他也不得不正视这个问题，下一步企业的出路在哪里？

左延安没有躲在家里闭门苦思，而是到各地去走走看看。左延安当时虽年过四十，却还有年轻人的激情，同时他又善于冷静思考。

当时，中国汽车工业的发展进入了一个重要的转折时期，许多企业调整了产品结构，纷纷引进国外的先进技术，并扩大生产规模，形成了重、中、轻、微、轿五类车型的产业格局。重型车和中型车是重汽、东风和一汽的天下，微型车是长安、天津、柳州、昌河四小龙的天下，轿车的半壁江山被上海大众占据。以江汽当时的情况，根本不敢想在这些庞然大物的地盘上去捞食。江湖纷争，各霸一方，江汽的路在何方？

上世纪90年代初，中国南方最先开放，大量的内地劳动力开始流动，从而加大了对交通运输能力的需求，中型客车成为抢手货。当时国内缺少专业化的客车底盘，主要用货车底盘来改装客车，因此，无论是平稳度、还是舒适度，无论是空间感、还是速度感，无论是经济性、还是安全性，国产客车都大大逊色于进口客车。与汽车打过多年交道的左延安以业内人的敏感，捕捉到这一“天赐”的信息，并开始对此进行了大量的调查研究，其结果令他大为激动：问题出在底盘上！

这是一个难得的商机，也是江汽的希望！

左延安决定集中企业全部资源，开发自主品牌客车专用底盘。

这个决定拿到厂办公会上讨论，有人拥护，有人反对，拥护者的理由不必说了。反对者认为，眼下最合适的还是“傍大款”，北方那家大款咱“傍”不上，再找另一家，全国的“大款”多着呢？干嘛非得在一棵树上吊死呢！？作为上级主管机关，省机械厅也有反对意见：作为安徽第一家汽车厂，不做汽车，却倾其所有做零部件（底盘），这不是倒退吗？

反对的声音，左延安不是不听，但是他更坚信自己的判断，所以他不为所动，毅然决策。为防夜长梦多，左延安亲自北上天津，参加客车专用底盘产品鉴定会，深夜十二点前通过了7米客车底盘的鉴定，十二点以后通过了6米底盘的鉴定。短短的时间里，就把6米底盘的生米做成了熟饭。

别说厂里的反对者目瞪口呆了，就连上级机关省机械厅也哑然了。这时，厂里原来那些认为左延安没魄力的人，一定另眼相看了。

左延安铁了心要上的这个产品，叫“6700”。它的全称，是指HFC6700系列客车底盘。在1991年的两次职代会上，左延安说得最多的是“6700”，最担心的也是“6700”。因为这对当时的江淮汽车厂来说，无疑是绝处逢生的一线生机。

左延安说过，在这个时候上客车专用底盘绝对不是急红了眼，不是赌，而是听取当时中国汽车工业总公司何春阳等专家意见经多方权衡后的选择。对他本人如此，对江汽也是如此。从汽车制造角度来看，客车整车大体分为底盘和客车车身。而客车的舒适度、平稳度、速度感，以及客车整车性能，主要取决于其底盘。换句话说，没有高品位的底盘，就不可能有高品位的客车！如同一个舞蹈演员，没有一双灵巧的妙腿和扎实的基本功，不可能跳出优美的激情桑巴！

此前的1988年前后，中国汽车工业总公司在全国几个汽车生产厂家下达HFC6700客车底盘研发项目，江淮汽车厂也是其中一家。但是，由于种种原因，关于这个项目的研发的热情都不是太高，江淮汽车厂也是搞搞停停，没有投入太多的精力，更没有太多的财力可以投入。

按理说，这个时候，想到从任何方面的突破都不会想到从底盘上突破，但是，左延安的思维就是从不可能的地方入手，寻找更大的可能。他不止一次要求大家，要灵活机动地思考问题，要观察世界，然后回到内心。

6700：是金条还是稻草

1991年是国家确定的“质量，品种，效益”年，也是江汽厂实施“八五”规划的第一年，更是渡过难关、实现发展的关键一年。2月27日，左延安主持召开四届六次职代会，把这一年的方针定为：优化产品结构、狠抓产品质量、加强企业管理、提高经济效益。

当时，企业产品结构不优确实给生产经营带来了相当大的困难。形成这种局面的原因是没有一个高水平、高质量的拳头产品，只能被动地适应市场。

左延安认为，解决这一矛盾的重要决策之一就是实现分层次经营，为了阐明这一观点，首先是认真分析了现有产品和工厂现状，找出企业的优势。

那么，优势是什么？还是“6700”。

HFC6700系列底盘是国家级技术进步产品，其主要总成件采用了五十铃“N”系列产品的技术，达到国际八十年代水平，二轮试制的样车已由全国十几家客车生产骨干企业试用，反映良好，并已陆续接到建立长期配套关系和批量供货的要求，具有良好的发展前景。

左延安在这次会议上指出，厂里“六五”、“七五”总投入近3000万元尚没有充分发挥效益，主要有三方面的原因，其中最主要的原因是缺乏成熟的、高水平的产品。汽车行业必须符合技术和资金密集的经济规律才能生存和发展，只有局部优势，形成不了一定的经济规模，怎么能有竞争能力进而获得良好的经济效益呢？只看眼前的困难，而认识不到投入的必要性和紧迫性是危险的。如果面对困难、畏首畏尾不继续投入，长期改造的成果将前功尽弃。

左延安做事，从不回避矛盾，这是他的风格。1991年1—2月份又发生严重亏损，就是在这种极其困难的条件下，依然咬紧牙关把6700底盘的试制工作列为全厂工作的“重中之重”。

当年7月初，江淮汽车厂作为6700底盘的定点生产厂，应邀参加了由中国汽车工业总公司和国家旅游局联合召开的旅游客车工作会议，地点在东北重镇沈阳。此时的沈阳，八方企业汇聚，热闹非凡。多年之后，人们会发现，此次会议直接影响中国国产客车以及客车配套的未来，也决定了江汽的未来。

此次会议传达了中央领导同志关于发展旅游客车的重要指示。当时的国务院总理李鹏同志指出：“进口汽车的口子不能开，旅游用车应立足国内解决，旅游部门对中高档客车的需求量很大，现有车辆进入更新期，国产客车的水平上不去就挡不住进口。因此，生产高水平、高质量的旅游客车已不是可有可无、可快可慢的事，而是能否认真落实党和国家交给我们挡住进口、振兴客车工业的一项光荣任务。”

因为国家总理的这一指示，中国汽车工业总公司立即于会后正式批准江淮汽车厂“八五”末形成万台6700底盘生产能力的技术改造规划，具体意见是：

同意江淮汽车厂“八五”期间重点发展HFC6700系列客车底盘，年生产一万辆，新增固定资产投资要控制在2950万元以内，技术改造要切实放在发展高水平、高质量、多品种的中型客车专用底盘上，充实和完善生产客车专用底盘的关键设备以及总成，协作配套件的试验、检测手段，并能为自行开发中型客车专用底盘创造条件。同时，作为国内轻型汽车市场的补充，同意在完善驾驶室工艺装备的前提下，保留现生产的HFC1060系列轻型载货汽车3500辆的生产能力。

这个消息无疑令人振奋，左延安长长舒口气。对江汽来说，6700将是发展的金条，不再是救命的稻草。

紧接着，1991年7月20日，左延安趁热打铁，在四届七次职代会上作了题为《团结一致、振奋精神，抓好6700批试鉴定工作，为开创工厂新局面而努力奋斗》的报告。这时的左延安对“6700”的信心更强，期望更大，势在必得。因为它决定了江淮汽车厂的未来。

“把6700会战放在一切工作的首位”这是左延安报告中一句非常“抓眼球”的话。

左延安在报告中说：“目前，在全厂展开的6700批试准备会战，正是贯彻国家的方针政策的具体行动，其目标是到今年十二月形成年产1000台生产能力，并小批试生产100台底盘。实现这一目标，我厂的产品水平就大大前进一步。否则，在汽车行业就很难有立足之地!全厂上下都要树立靠6700振兴江汽厂的意识，承担起这一光荣而重大的历史责任。”

应该说，此时的左延安，心里的紧张、压力依然存在，但是因为信心的增强，二者相抵，多少较此前有所缓和。因此，在会上，他以“拉家常”式的语气和心情，和盘托出自己的战略：“第一步靠现有轻卡产品吃饭，第二步靠6700赚钱，第三步在此基础上多渠道利用资金，寻求较大的发展。只要我们能团结一致共同努力，就一定能实现这一战略目标。”

话音甫一落定，被激起昂扬士气的职工，热烈鼓掌，长时间的热烈鼓掌，左延安几次起身示意大家停止鼓掌，但是热情高涨的职工还是尽情地鼓掌，以此宣泄多年来的压抑。掌声雷动，经久不息，左延安明白职工的心理，也和职工一起鼓掌……

一上一下，是博还是弈

1991年是江汽的转折年，有两点标志：一是，客车专用底盘的推出；二是，低迷多年的职工热情被激发出来了。因为热情高涨，面对各方面困难，HFC6700系列底盘的研发工作取得突破性进展。“6700”系列底盘的试制，是横亘在当时江汽人面前的一道关。过了这道关，前面是一片艳阳天，过不去，意味着什么，大家心里都明白。

有人说“6700”系列底盘项目是左延安“拍”出来的，而第一根弯梁是手工敲出来的。

当时，试制任务就压在试制车间。该车间主任是现任江汽董事长的安进，成员主要是一帮思想活跃的年轻人。为了加快试制进程，江汽咬咬牙以10万元的价格，从天津汽车技术中心买回了7米客车底盘图纸。

试制车间在老厂区的最后面，说是车间，只有一台车床、一台钻床、一台砂轮机、一排破平房，要想干出有四个R的弯大梁车架，谈何容易！

弯大梁，是“6700”的核心，不弯就不叫“6700”！

金属弯曲，不是一件容易的事，何况是汽车底盘大梁！开始，想到的是最土的办法：用土夹具固定住5毫米厚的钢板料，试制工人轮番用大锤砸出弯大梁的形状。望着虽已成形但坑坑洼洼全是锤头印子的弯大梁，时任试制车间主任的安进说，这不行，我们从头开始，先做土模具。于是，画草图、找废料、等厂里下班了，再到车间里找机床加工，前前后后，试制车间一共做了一百多个土工装夹具，解决了弯大梁的加工难题。没有那么长的工装夹具，就分段压制，弯大梁部分难加工，就边加工边校正，就这样，需要超大型压力机一次成型的弯大梁，硬是被用“蚂蚁啃骨头”的方法生产出来了。

为了测试底盘的转向角度，他们还想到一个“土方法”，找来一只水壶，灌满水后，绑在底盘前面，水柱在方向盘的转动下，浇出一条条弧线，在地上留下一条条湿痕，再把湿痕测量出来采集出数据，一遍又一遍，反反复复，一次比一次准确。

那是一段紧张、劳累、又掺杂着兴奋和焦虑的时光。那段日子里，只要不出差，左延安每天都会来“监工”，当然还会撂下一句话：“干好了，大家都好了，干不好，全厂没饭吃！”

这话是激励，更是鞭策。事实上，试制客车底盘，对江汽的重要性，参与试制的所有干部职工心里都很清楚。因为，在他们的背后，有3000多双眼睛盯着他们，有几代江汽人的梦想之鞭在赶着他们！他们累！他们苦！他们焦急！同时，他们也很兴奋！

左延安更是如此，有位同事回忆说，当时左厂长的眼睛一直红着，那都是急的、煎熬的！

时隔多年，他们至今对那段日子记忆犹新：“……那段时间，回到家，满耳朵都是‘哐哐’的噪音。三个月后，几乎所有人的虎口，都在流血……”

不知经过多少次的重复、多少次的修改，新底盘终于千呼万唤始出来，立即与安徽客车总厂合作生产了两台客车，千里迢迢，远赴海南汽车试验场进行各种试验。

很快，海南试车成功的消息在全厂不胫而走。全厂上下无不为之欢呼！因为，他们的焦虑和辛苦没有白费，他们已经迈出了可喜的第一步！

但是，这毕竟是第一步，像幼儿的蹒跚学步，后面的路还很长很长。

“6700”研制成功的喜悦尚未淡去，新的难题又摆在面前了。新产品开发试制成功，就要投入批量生产，才能投放市场，转化为经济效益。批量生产靠什么？投入！

投入，投入，又是投入，拿什么来投入？

要批量生产，必须上大型专用冲压模具，而当时，仅购置一套4R弯梁的专用冲压模具，就要100多万元，何况还要上前桥生产线！这对于举步维艰的江汽来说，无疑是个天文数字。这笔钱又从哪里来？

看着眼前的设备和3000双期待的眼睛，左延安把目光停留在厂里的“传家宝”——发动机生产线上。当时，江汽厂尽管规模不大，但从铸造、锻压到精加工和发动机生产样样都有，是那种麻雀虽小五脏俱全型的企业，看上去什么都有，实际上什么都做不大做不强。从现实情况来看，这条养了8年没有产生任何效益的发动机生产线成了一根“鸡肋”，想发展它，资金和技术实力远远不够。经过深思熟虑，左延安果断提出，砍掉发动机项目，迁走铸造，成立前桥和车架生产厂。有舍才有得，企业用卖掉发动机设备的资金添置了前桥生产设备，使底盘生产能力大幅提高。

于是，经过几番讨论，决定把这个“传家宝”卖掉！

很多经历过此事的人都说，那是一场“豪赌”，赌得眼冒血丝！但是，又是不得已而为之。

左延安正是这一“豪赌”的操作者，是输是赢，全在他手起手落间。这可能是左延安上任以来，所做的最为惊心动魄的决定，他所承受的精神压力，别人是无法感受，甚至无法想象的。据他回忆，当时，他也有所顾虑，就连吃饭时拿起筷子，都觉得很沉重。但是，他别无选择，江汽别无选择！

当时，很多在这条生产线上流过汗水的员工几乎都不能接受这个现实，经过了苦口婆心的说服，才得到大家的理解。

这无疑是悲壮的一幕：像是与一个多年的老友无声地告别一样，许多人都围在车间外，眼睁睁地看着发动机生产线上的设备一件件地拆下、一件件地装上卡车，然后，目送着卡车开出厂门，是送行，也是诀别。

设备拆走了，徒留下空空的厂房和一片零乱。面对此景，很多人伤心地哭了。

那时，所有的江汽人可能都有依依不舍的心情，包括作出这一正确而痛苦的决定的左延安，但是，抉择是痛苦的，也是必须的！

万事开头难。难在哪儿？难在别人不知，难在不为人知。

新底盘试制成功以后，江汽人没有想到的事情又发生了。当他们满怀欢喜地把自己的底盘送给当时省内另一家兄弟客车厂（合肥客车厂）使用时，人家竟婉言谢绝！

说是婉言谢绝，其实就是拒绝，不接受。为什么拒绝使用江汽底盘，我们不得而知，至多留下一些悬揣。但是，可以设想，当初，这家本省的兄弟厂家如果使用了江汽底盘，那么不仅他们企业因为率先使用新型底盘而在市场中受益，同时也会让江汽人少走一些弯路，少付出一些不必要的辛苦！然而，他们拒绝了。沉浸在试制成功喜悦里的江汽人，在底盘销售时，遭遇了第一盆冷水！

江汽人明白了，还是那句话，在市场上，靠谁都不如靠自己！为了卖掉第一个底盘，几乎所有江汽人都成了销售员。有关系的找关系，有亲戚的托亲戚，哪条路通走哪条，只要能卖掉！

许多经历过那段历史的江汽人不能忘记，深夜去拜访客户，仅仅是为了3分钟的说明时间；他们不能忘记，为了推销自己的底盘，被对方“冷处理”；他们不能忘记，上门推销时人家冷冰冰的那句话：“从没听说过有这种底盘”！

不能忘记，是因为他们做得实在不易。话又说回来，再难的事，他们做到了，靠着这份执着和使命感，他们要打造的是中国的第一底盘。

作为企业主要负责人，左延安虽然对自己的底盘充满信心，但是他心里却为不为人知而着急。左延安坐不住了。他和时任销售经理的路之凡一起，来到扬州客车厂。“扬客”在当时很有名气，能攀上这样的高枝，是江汽求之不得的。企业不景气，但是左延安怎么说也是企业一把手，“大老板”大热天亲自跑销售，态度又如此诚恳，“扬客”人颇受感动，很给面子，当下答应使用江汽底盘。

江汽的历史上应该记下这一天。那年夏天，第一辆江汽底盘“嫁”出去的日子。江汽全厂上下，“欢喜得像过年一样”！

经过江汽人的努力，江汽客车底盘终于走出了“深闺”，要远嫁到外省。那天，江汽人高兴，像自家闺女出嫁一样，把那辆底盘打扮得喜气洋洋、花枝招展。红花、彩带、条幅，能表达江汽人那份激动的东西都用上了。江汽人图的是喜气，要的是吉利！

江汽人并不为这个远嫁的“女儿”担心，因为他们对江汽的血统非常自信！

3 左式“逻辑”

首次突破产销万台汽车大关，圆了几代江汽人孜孜以求的梦想。这只是企业发展走出的第一步，我们没有任何理由骄傲。雄关漫道真如铁，而今迈步从头越，全体员工特别是中层干部要学习《矛盾论》、《实践论》、《甲申三百年祭》，以史为鉴，及时扭转盲目乐观的情绪。

1992：超过梦想

在1991年12月25日，左延安主抓的企业内部刊物《管理月刊》创刊。这个月刊可能是左延安主政以来，为企业“学习”所作的第一个铺垫。在这里，我们不好揣度左延安当年的想法，但是有一点可以肯定，他那时已经预感到，让更多的员工“学习”是必要而迫切的！

有人说，左延安做事计划性强、步骤性强，这些都源于左延安的逻辑性强。左延安年轻时就喜欢哲学，哲学在企业管理经营中的作用，在这一年，体现得最为充分。

在这一年，左延安提出的战略方针是：面向市场、面向行业、扬长避短，实现产品战略大转移。这一方针为什么会在此时提出？它对江汽的发展意味着什么？

左延安的回答斩钉截铁："我们如果没有新招，或者沿着其他地方厂所走过的路走，都是危险的。我们必须审时度势，走出一条独具特色的新路。"

同时，左延安还明确，1992年的工厂方针："产品形成特色，技术加速进步，管理以人为本，效益全员奋争"。

可以看出，"产品形成特色"和"技术加速进步"这两点是上一年的工作延续，而"管理以人为本"和"效益全员奋争"，则是左延安思想的新亮点。尤其是"管理以人为本"，是左延安在这一年的"新招"。在相当长的时间内，它将对企业发展产生深远的影响。

如何实现这一想法？左延安把1992年定为企业的"管理年"，以人为中心，以班组建设为基础的管理年。从上一年的"质量年"，到本年度的"管理年"，体现了管理思维的逻辑性。

"管理年"活动的指导思想是：完善基础工作，健全工作标准，突出管理重点，提高企业素质。目的是全面实现工厂方针目标。基础管理重点是建立、健全各项定额。现场管理重点是生产现场，围绕人、机、料、法、环五大要素达到三个必须，即必须是安全的现场，必须是保证质量的现场，必须是低消耗的现场。专业管理以目标成本管理为龙头，抓住定额、在制品、能源三个重点。抓住了成本管理就抓住了“管理年”的核心，要求各级领导要真正树立强烈的效益观。

这一年，左延安为了更为彻底地贯彻他的“逻辑”，总结了几句通俗易懂的话，以便让大家记住，随时自我审视：

“生产不是目的，赚钱才是目的，必须降低生产成本”；

“卖车不是目的，获得更多的销售利润才是目的，必须适时适量提高售价，减少销售过程中的各种损失”；

“这项工作能否以最少的投入获得最大的产出”；

“能否再省一点？”

……

这是在1992年，左延安提出来的“逻辑”。作为哲学的受益者，为了让大家更好地领会他的“逻辑”，左延安提倡每个职工都要学哲学，掌握一点辩证法，处理好八大关系：

大环境与小气候的关系；

脑袋与口袋的关系；

战斗力与凝聚力的关系；

保持一致与创造性开展工作的关系；

红与专、德与才的关系；

爱与害的关系；

传统教育与行为科学的关系；

安定团结与转换机制的关系。

这一年江汽迈开了新的一步：

6月28日，江汽创下日销车126台的历史最好水平。

12月18日，下午3：50，总装车间，当年第5000台车下线，创工厂历史最好水平。

1992年底，实现年产销汽车5800辆，结束了江汽多年来年产量徘徊在两三千辆的历史，迈上了发展的第一个台阶。超过5000辆大关，曾是江汽几代人为之奋斗的梦想，在左延安的带领下，江汽把梦想变成了现实，成为江汽历史上的一个重大转折，在安徽省汽车工业和江汽发展史上写下了光辉的一页。

1993：万台下线

1993年，随着中国加入“世贸”脚步的加快，企业界对“入世”的反应日益强烈。众所周知，中国加入WTO之后，市场的壁垒将逐渐撤去，国际竞争的硝烟将弥漫国内，对中国汽车工业的发展将产生巨大影响。

于是，“狼来了”的呼声此起彼伏。然而这种呼声的背后，各自的心态也不一而足。左延安也在考虑这个问题：面对“入世”后的汽车市场，江汽怎么办？

当时，面对“入世”的市场压力，中国汽车行业采取的对策无非两条：其一，集中资金和技术精英形成汽车新产品研究和开发能力，从根本上缩短与发达国家研究开发方面的差距。其二，大部分汽车厂将通过CKD、SKD组装，提高劳动密集型零部件的自制能力，关键部件选用进口件，随着本国工业主体实力的提高逐渐用国产件代替进口件。

左延安在这方面是理智的。既然“狼来了”是肯定的，那么心态就要放在“狼来了”的前提下。江汽将从第二种模式起步，尽快走上第一种模式，原因是：对汽车产品而言，适合大批大量生产的产品必然是高技术的大投入的产品，而大批大量生产手段亦建立在高度自动化和省力的基础上，最典型的产品是轿车，凡不能大批量生产的汽车产品，劳动力成本相对较高。基于以上的分析，左延安在选择相对经济、批量较小，劳动相对密集的产品，这样的生产成本与国外同类产品比就会占一定优势，如果利用好“入世”的条件，关键部件选用进口件，使得整车性能与国外同类产品比相差无几，而成本却低得多。这样不仅能抵御洋货的大量侵入，还可以在国际市场上参与竞争，从这个意义上说“入世”既有弊也有利，有利的一面是可以在无高关税壁垒的条件下参与国际汽车技术交流。

形势迫在眉睫，江汽的对策必须是利用自己的长处，发展技术劳动密集型汽车产品，参与国际分工合作生产技术密集型及高科技产品和零部件，使得汽车整车性能与国外车相当，而成本相对较低。具体对策是：

一、多品种，小批量。以底盘为基础，货车为主导，衍生各类新车型和改装车、专用车，投资决策和产品决策相对应，主要自制件，要建立高水平的柔性生产线。

二、上规模。大体分两步走：第一步到1995年商用车达三万台经济规模，第二步到20世纪末商用车达五万台竞争规模。必须培养若干个专业厂，按产品专业化和工艺专业化的原则组织生产。

三、加快引进资金、引进技术，利用国外的技术，设计和生产出起点高、性能好、市场生命周期长的汽车产品。

四、全方位、多元化、多角化经营。合理配置生产要素，形成底盘、货车、客车、专用车、农用车及其派生产品和同心多元化经营方式。

实践证明，左延安的这些“逻辑”是对的。

1993年6月15日，安徽省统计局通报江汽进入安徽工业50强。

10月18日，国家统计局发布数据，江汽被列为“全国500家最大交通设备制造企业”，排名第153位。

1993年10月28日，第一万辆汽车驶下总装配线，江汽抓住这一机遇，组织了一次大型的庆典，请来了省市有关领导、合作厂家客商以及新华通讯社、《经济日报》、《机电日报》、《安徽日报》等20余家新闻单位30多位记者。万台下线剪彩仪式隆重热烈，群情激昂。就在这一年，江汽凭着“以底盘为基础，适时发展整车”的战略，从市场中淘到难得的“第一桶金”，为日后的发展打下了基础。

1994：从“换型”到“整风”

从上一年淘得“第一桶金”之后，左延安马上着手卡车换型。

有了底盘上的优势，发展整车自然成了左延安重点考虑的问题。以江汽当时的条件，最有把握的是做卡车。“南方讲话”之后，改革开放的步伐加快，经济建设全面提速，对卡车的需求激增的同时，对产品水平的要求也逐渐提高。当时，全国的卡车只有老三样，外形和功能也是老一套，毫无新意，已远不能适应市场的需求，这让左延安看到了市场机会。但是，要想在卡车上做出新意，并非易事，设计部门拿出几个方案都不理想。左延安带队出门考察，转了一遭，也没有获得灵感。

1994年的一天，左延安偶然看到一本国外的卡车杂志，其中的某款卡车的简介资料让他顿时眼前一亮。然而，光有一些简介，如何转化出真车来，又是一个难题。当时，恰好江汽有一个进口汽车的指标，本来是用来买轿车的，左延安“换型”心切，移花接木用这个指标买了一辆进口卡车做样车。几经周折，样车买回来了，一进厂就被大卸八块。左延安对研发部门的同志提出要求，要“学习”还要“创新”。算起来，江汽的学习创新应该由此开始的。

从设计到量产，仅用两年时间，一款带着全新“审美观”的卡车诞生了。一上市，马上得到用户亲睐，着实在市场上火了一把。这是后话。

如果说，这一年，卡车“换型”是在左延安的计划之中，那么“整风”却是出乎他意料之外的，甚至措手不及。

1994年是中国农历甲戌年，但是，这个狗年，却险些成为江汽的“甲申”。“甲申”在中国历史上成为一个集团悲剧的代名词，是因李自成领导的农民起义的惨痛失败而起。几百年前的那个甲申年是以血的鲜红写入了中国历史，郭沫若曾著文《甲申三百年祭》，为共和国敲响警钟。

当然，江汽的“甲申”远远没有明末的甲申那么惨痛，但是留给江汽的教训却是沉痛的，足以让江汽警醒。

1993年的成功，实现了年产销超万辆的目标，实现了历史的跨越，给江汽带来了新的希望。1994年江汽迎来了30年厂庆，同时，产销两旺，势头更健。江汽人的日子好过了，手头活络了，但是头脑却不如困难时期清醒了。

不知不觉中，一些部门、一些人身上出现了骄傲自满，不思进取，也就是后来所说的“功臣情绪”。一些不正常的现象出现了：赌博之风屡禁不止，游山玩水的旅游活动有增无减，公款吃喝和招待费用愈来愈大……

在许多场合，左延安反复告诫大家，不能骄傲，不能有“功臣情绪”。论实力、论规模，江汽都不如别人，如果我们的人再不如人家，我们还有什么优势可言？不要以为有一点成绩了，就可以沾沾自喜、吃吃喝喝、打打麻将，这看似小节，但是，它会涣散我们队伍的意志，消磨我们干部的斗志，最终将搞垮我们的企业！

但是，左延安的这些语重心长的话，并没有被有些人听进去，吃喝、聚赌之风有增无减。这种情况，带来的直接后果是，生产能力和服务质量下降，差点出了大的生产事故。左延安震惊了！

没有想到“一万辆”就造成了如此的“功臣情绪”，没想到“一万辆”就让员工如此满足！此风不刹，厂何以存？

左延安还是体恤自己的职工，还想挽救那些“下水”者。厂办公会研究，组织退休老干部组成纠察队，察吃喝，察赌博。左延安想以“纠察”来给大家一个提醒，让大家把心收回来。

第一个被“纠察”的是当时的一位生产科长。此人是在赌博的麻将桌边被公安机关抓获的，左延安二话没说，当即召开会议研究，将其就地免职。

实事求是地说，1993年产销过万台，生产科功不可没，作为生产科科长同样立下汗马功劳。有人说，左延安将生产科长免职，如同三国时的“挥泪斩马谡”。此人是1970年代进厂的老职工，工作能力强。在许多人的眼中，此科长是左延安培养的人，左延安能将重要的生产科交给他，足见对他的信任。但是，对一个重要科室负责人就地免职，也足见左延安整改的决心！

此举在全场震动很大，左延安这个看上去斯斯文文的厂长，在江汽人的眼里又有“狠”的一面。左延安召开大会，立下一个规矩：从今往后，凡赌博者，一律免职！有职免职，无职的待岗。

就在此规矩立下不久，一个分厂的副厂长又涉赌局，当即也被免职。一波未平一波又起，一科长在负责建设项目时，收受他人贿赂，被检察机关立案处理。

左延安曾在一次中层干部会上不无感慨地说，如果说这些年有对不起人的话，那就是对极少数违纪违法者，如果早一点采取措施，加强教育帮助，也许不会有今天这样的结局！

经历这段波折，左延安思考最多的是为什么会出现这些情况？如何刹住这股歪风？

学“毛选”就是在这个时候开始的。

这一举动，无论是当时还是现在，在国内外的企业中可能也是绝无仅有的。在“毛泽东思想过时论”盛行以及各种洋思想泛滥的当时，左延安此举，无疑显得非常另类。

左延安是受毛泽东思想影响最大的一代企业领导，在他看来，毛泽东思想永不过时。他深知，搞好干部队伍的组织建设和思想建设是建立一支过硬的职工队伍的基础与核心。要从整顿思想作风、反骄破满入手，加强干部的带头意识，加强干部的群众观点，培养干部的深入扎实的工作作风，提高干部的管理水平和领导艺术。

提倡广大干部精读《毛泽东选集》，提倡三大作风，充分发挥共产党员的作用，每个共产党员都要重温入党誓词，认真学习党的纲领、政策、严格遵守党的纪律，起先锋模范作用，加强监督、稽查职能，开展反腐倡廉，告诫常在“河边”走的意志薄弱者，权衡得失，以免一失足成千古恨！

除了《毛泽东选集》，左延安还让全厂上下，一起学习郭沫若的《甲申三百年祭》，力勉大家，以史为鉴。

左延安不止一次反思这一年，反思是为了避免类似的事情发生。他说，对这一类的事，企业要体现制度的刚性，增加违纪成本，就能起到威慑作用。至今，江汽一直把这一年作为江汽发展过程中的一个重要部分，这一部分常常被叫做“整风”或“94整风”。

“整风”这个带有浓厚政治色彩的词汇，调子应该是左延安定的，因为他熟悉历史。

4 学习，学习再学习

学习的真正意义是什么？就是提升创新的能力。要培养职工之间真诚对待，要让每一个人养成探究事实的习惯，要向一切可以学习的事学习，向一切可以学习的人学习，最终达到共同思考、智慧共享的状态。

邂逅彼得·圣吉

仔细梳理江汽的发展脉络，不难发现，左延安每一年都有一个思维的“核”，有了这个“核”，一年的工作就有了圆心，就能调整工作半径以及力度和强度。

1994年到1995年的经历，让左延安及时减弱了上一年的思维惯性，而把这一年的工作重心，放在“人”上面来。而要在“人”上研究出名堂，发现企业制胜的秘密，还得有一套体系来指导。左延安毫无疑问地再一次选择了毛泽东思想。

从古今中外以小胜大、以弱胜强的历史，可以得出一个结论：制胜者，人也。在汽车行业，基于现有的客观环境，江汽要持续发展，只有靠人，只有做到为人所不能为才能制胜，这就是左延安理解的队伍建设的深层次含义。

1996年是我国“九五”计划的开局之年。“九五”将是国民经济发展重要时期，也是机械、汽车工业振兴的第一阶段，国内外形势的变化将给我国机械、汽车工业带来新的机遇和挑战。这一时期，国际汽车行业已经发展成熟，而国内汽车行业发展处于成长期，整个国家对汽车行业的投资总和不足国际一流汽车企业的一年的投资，产品技术水平落后，经济效益不理想。国内汽车行业形成了以三大汽车集团为首的多家小规模汽车企业共存的行业格局。江汽作为一个地方小企业，尽管在市场经济的大潮中搏浪前进，有所发展，但受投资规模小、产品技术落后、人力资源短缺等因素的限制，企业一度陷入技术开发能力低下、底盘产品结构单一、卡车产品尚处在换型的困境，处于发展的低谷。在内部环境上，部分干部职工思想还停留在计划经济的框框中，缺乏竞争意识和主人翁意识，缺乏危机感，工作责任心不强，只要索取、不要奉献的思想倾向有所抬头。如何在国际国内竞争激烈的市场夹缝中求生存进而实现可持续发展，是困扰江汽领导人的主要课题。

企业发展，如逆水行船，不进则退。企业要永续经营，人才是根本，而人的素质的提升必须通过学习。左延安是务实的人，分析国内外经济形势及行业发展态势，再看看自己企业的实际情况，此时的心里比任何时候都明白，还是两个字：学习！

当时，全国企业都在学习“邯钢经验”，而这种学习还不是左延安理想中的模式。左延安理解的学习，应该是全面的、系统的，同时也是互动的。这是一种理想的模式，左延安在苦苦地寻找、探索。

1995年10月的一天，下班后，左延安像往常一样翻阅每期必读的《经济日报》，报上一篇介绍《第五项修炼》的连载文章一下子吸引了他。彼得·圣吉，与他的《第五项修炼》，就这样与中国的左延安和江汽有了联系。

《第五项修炼》是被誉为学习型组织理论创始人的美国麻省理工史隆管理学院教授彼得·圣吉博士的一部名著，是他的学习型组织理论的核心著作，本书对学习型组织理论和建设作了精彩而深刻的论述，这些论述，恰恰与左延安一直苦苦思索的问题，十分契合，并且从理论上解决了一直困扰左延安的疑问。左延安大为欣喜，仿佛当年的伯牙邂逅子期，视其为异国知音。

学习型组织对传统组织发起了巨大的挑战。这是一种理论与实践相配套的新型管理技术，被西方企业界誉为21世纪的企业管理圣经。主要内容有“自我超越”、“改善心智模式”、“建立共同愿景”、“团队学习”、“系统思考”等五项修炼和管理技术，企业通过这些具体的修炼办法来提升组织整体运作的“群体智力”。

1990年《第五项修炼》出版后，连续三年荣登全美最畅销书榜榜首，并于1992年荣获世界企业学会（World Business Academy）最高荣誉的开拓者奖（Pathfinder Award）。在短短几年中，被译成二三十种文字风行全世界，并在全世界范围内引发了一场创建学习型组织的浪潮。美国《商业周刊》也因此而推崇圣吉为当代最杰出的管理大师。

在众多的世界级管理大师当中，圣吉算是与中国最有渊源的一位。上世纪80年代中期，禅宗大师南怀瑾先生旅美侨居3年。其间，圣吉经人介绍结识了南先生，并由南先生而爱上了东方文化。接着，他便拜师南怀谨研修中国传统禅文化，并每天坚持两个小时的静坐修道，直到今天仍坚持不辍。

也许正是由于这一点使他永远保持着旺盛精力，也使他对“修炼”一词有了深厚的感情。其成名作《第五项修炼》的英文翻译为The Fifth Discipline，“Discipline”一词来源于拉丁文，译作“修炼”，在意境上极为贴切，是蕴含东方文化的神来之笔。因为长期亲近东方哲学，他甚至打算用后半生的时间在中国和印度探索东方文化的神韵。这些，正与左延安的思考不谋而合，真可谓“众里寻他千百度，蓦然回首，那人却在灯火阑珊处”，从此，学习型组织成了他魂牵梦萦的课题。之后，由左延安推荐，《第五项修炼》被引进江汽，作为江汽团队学习的必读书目之一。

就在这一年，江汽正式开始创建学习型组织，但问题出来了，构建学习型组织是整个企业全体员工的事情，怎么把这一思想有效地传递给干部和员工呢？当时江汽培训中心的人跑遍合肥所有的大学希望能够找到老师，但谁都没有听说过什么是学习型组织。

于是江汽培训中心派人到北京搬兵，但依旧未果，后托人买到一本台湾版本的《第五项修炼》。这本书成了后来江汽建设学习型组织的文本起源。

书有了，但由于是台湾人编译，又怎么能用来当做教材让大家来接受这个新思想呢？“我们当时就感觉必须结合企业的实际来开发教材。”时任培训中心主任的康易成说。于是，一个五人组成的教材开发课题组组成了。

由康易成牵头的这个五人小组，成为江汽学习型组织的先遣队，其他四个成员都是从江汽各部门抽调的“精英”，个个都是平时“最有想法的人”，他们是王江安、王东生、王朝云、路之凡。这个五人小组利用业余时间，一起研读原著，有时在办公室、有时在小茶馆、有时可能在他们其中一个人的家里，总之，只要方便，随时随地，一起研讨。由于各人的理解上的差异，他们常常为一个问题争论不休，甚至面红耳赤，脖子上的青筋直跳。但是，更多的时候，他们最终求同存异，达成共识。

按照事先的安排，他们五人分别负责《第五项修炼》中的一项修炼，开发成适合本企业的培训课件。系统思考、自我超越、心智模式、共同愿景、团队学习，五个人每人负责一个模块，共同讨论，每个人都下了大工夫，并揉入了很多实际案例和生动的故事。历时八个月，江汽关于创建学习型组织的第一套培训教材终于开发了出来。

教材有了，就到了传递思想的环节。先是一轮一轮地试讲，当时五人小组成员，除康易成外，大家都没有站在台上讲课的经验，所以在开始的时候，还出现了许多尴尬的小插曲。王江安身材高大，人长得也帅气，但是他第一次试讲时，一站到讲台上，头脑便发懵，说了一通之后，听众却不知所云，不得不从台上下来，又上去，再下来，凡三次，也没有找到讲课的“感觉”。

不过，这一个小插曲，给“五人小组”一个提醒，他们发现课程的结构和内容存在问题，于是又沉下心来，反复研究，调整改进之后，再反复演练，臻于成熟之后，这才在全公司推广。

果然是工夫不负有心人，“五人小组”的“修炼”终成正果，所有课程在全公司，一炮打响，不少人感慨：八天的学习胜读八年书。从此拉开了江汽学习型组织建设的序幕。

一颗螺丝引发的“运动”

事实上，左延安关于企业“学习”的思考，由来已久。在他上任后的第一次职代会报告中，就明确提出了全员学习，在企业发展的每一个重要环节，无论逆流，还是顺风，他都会强调大家学习。1995年，江汽与马来西亚金狮集团公司成立合资企业后，外来文化影响加大，他对企业内部的学习就抓得更紧，也更专业。他一直记得毛泽东说过的话：学习，学习，再学习！

与彼得·圣吉的邂逅，是左延安人生过程中的又一个新的开端。因为这时的左延安正在思考的也是学习这个问题。

左延安是个不断学习，注重更新自己的人。关于学习，他有自己的体会。

在许多会上，他喜欢交流一些看似过于“虚”的东西，其实，这些是他学习的体会，也是他结合企业实际的思考。

比如，关于系统思考。系统思考，是彼得·圣吉《第五项修炼》中的核心思想。彼得·圣吉的理论，对企业里的大多数人来说，难免艰涩，而左延安学习过之后，融会贯通，表达出来，不仅浅显易懂，而且非常实用。

什么是系统思考？简单地说，就是整体的思考，动态的思考，连续的思考。系统思考强调关注系统内各要素协调互动的关系。世界单打排名第一、二名的网球好手所组成的双打，反而打不进前10名，为什么？系统思考所要训练的正是一种“整体的”、“动态的”搭配能力。工厂同样自成系统，同样受看不见的互动因素影响，一个企业不是靠哪一单方面工作就能搞好的。工厂的进步和发展，光有一支好的销售队伍不行，还要有不断推陈出新的产品开发能力；光有开发能力还不行，还要有高水平能保证质量的制造技术；好的制造技术还要靠科学的组织和管理。因此，我们必须学会运用系统思考的方法来处理工作、解决问题。从部门来说，就要多为企业整体着想，每做一件事，都应考虑对工厂是否有利，与其他部门的“互动”是否协调，对今后的发展是否会有影响。只有这样，整体才能形成合力，才能产生最大的能量。如果“本位主义”严重，一味强调自己，不顾整体利益，或把自己游离于系统之外，对“互动”形成制约，长此以往，企业的能量会在不知不觉中被消耗掉，危害将是巨大的。从个人来说，就要谦虚谨慎，转变观念，由看个体到看整体，由总是抱怨别人到时刻检讨自己，由只考虑事情本身到思考事物间的关系与比重。只有这样，我们才能穿透复杂的表象掌握本质，才能不断发掘出创造性的工作方法。要引入这样一种全新的方法论，归根结底，落脚点还是在教育和学习。但这个学习已不是书本意义上的学习了，而是团队学习。学习的真正意义是什么？就是提升创新的能力。要培养职工之间真诚对待，要让每一个人养成探究事实的习惯，要向所有可以学的事学习，向所有可以学的人学习，最终进入共同思考、达到智慧共享，提高群众智力。

我们都是系统中的一环、组织中的一员，在我们中间，创造未来的潜力是巨大的，有待我们去开发。学习便是开发潜力的唯一有效的方法。

我们能在汽车工业的低谷保持较高的增长，说明我们逐渐学会战胜自我，学会了克服骄傲自满，对“危机”有了新的理解，但这还不够，关键是学会“学习”，学会“修炼”。只要我们的干部和多数员工的群体智能都不断提高，发扬团队精神，就能在激烈的竞争中不断取得新的胜利！

1997年1—4月，江汽以惊人的速度，一鼓作气“收编”三家企业，加上此前的几个企业，已基本形成集团经营规模。5月18日，安徽江淮汽车集团有限公司成立，左延安任董事长。

企业大了，职工也多了，思想和文化素质的参差不齐也暴露无遗，如此一来，给管理也带来了一定的难度。如何让大家一起来学习，都能根据自己的情况，学到应该学到的东西，一直是左延安思考的问题。

就在江汽上下轰轰烈烈学习的时候，车架分厂在为客户更换一颗螺丝时，服务没有及时到位，造成用户利益受损，在用户中造成了不良的影响。本来，这种事在任何一家企业都可能发生，属于一般性事件，可大可小，轻描淡写地处理，也能说得过去。但是，左延安看出了这个事件之外的意义，马上要求，就此事在江汽全面展开“质量第一，顾客导向”的大讨论。学习无处不在，学习无时不在，从错误中学习，明辨什么是正确，比什么都重要，印象也更深刻。

宣传部门发出了“大讨论”的通知，要求一线班组、管理人员围绕工厂方针，敞开思想，各抒己见，深入领会“质量第一，顾客导向”的含义。在职工中引起热烈反响，大讨论的序幕拉开了。同时，工厂发表了《告用户书》，向用户作出了三项承诺，决策层率先快速作出反应。

车架分厂在找差距的同时，由厂长带队，走访了用户总装分厂，就如何提高车架质量虚心听取了意见。装备分厂发出了服务承诺，他们将做到在接到维修指令20分钟内到位，一般故障2—8小时排除。销售公司从车架事件中吸取教训，强烈地意识到必须把“质量第一，顾客导向”作为销售人员信条，贯彻到每一项营销工作中。生产科、改装厂、车身分厂技术系统等单位部门通过学习研讨都做出了有针对性的服务承诺。

切实践行“系统思考、团队学习”的基本理念，把学习活动向班组延伸，通过全员多维度的学习研讨，以打造学习型组织为目标，真正使所有员工成为思考型员工，使创意和智慧充满整个企业。

对企业来说，一件事情的发生绝不会是孤立的，由此引发的思考也会是多层面的。这个由“一颗螺丝引发的事件”，成为左延安推行全面“学习”的契机。所以，接下来，左延安开始把学习引向另一个层面，那就是企业形象的塑造。

企业形象主要由产品形象、职工形象、管理形象和环境形象等组成，是企业物质文明和精神文明建设成果的外在反映，也是企业宝贵的无形资产。塑型工程用“团结、奋发、求实、创新”的企业精神和振兴民族汽车工业的使命凝聚职工。塑型活动从以下几个方面展开：

一、实施名牌战略，塑造名优产品形象。

二、强化管理，练好内功，塑造科学严谨的管理形象。

三、实施人才工程，不断提高职工的整体素质，塑造良好的职工形象。

四、实施综合管理，改善企业环境，塑造良好的外观形象。

五、加强基础管理，塑好班组形象。

为适应形势发展需要、帮助中层管理干部掌握基本管理技能、提高管理水平，江汽培训中心和中国科技大学商学院联合举办了首期提升管理能力研习班。来自集团内所属公司及相关企业的中层干部共30人参加了两周的全脱产培训，内容有：生产力提升，财务分析，人力资源管理，现代生产管理，领导艺术。

通过学习，学员们认识到企业所面临的竞争形势越来越严峻，不改变旧的思维模式和旧的习惯，企业就没有出路；只有居安思危，以创新的观念去迎接挑战，创新求变。同时，学习使学员们初步系统地掌握了现代管理知识，开阔了眼界，拓展了思路，明确了只有不断提升管理能力，才能有效地开展工作。

研习班结业前，学员们还进行了学习交流和论文答辩。通过视为结业，不通过就是不合格。

左延安亲临结业典礼，并即席讲话："学习的目的是为了提升创新的能力，学习要和思考结合起来。建立学习型的组织，首先要求每个员工都要做到系统思考，持续学习，只有这样才能形成强大的团队协同效应，不断提升企业的生产力和竞争力。"

此次大规模的学习启动，在江汽被称为"组织学习的萌动"，拉开了江汽的学习型组织建设的序幕。

5 40+4是什么

从古今中外以小胜大、以弱胜强的历史典故中，我们可以得出一个结论：制胜者，人也。企业要永续经营，人才是根本。在汽车行业，基于现有的客观环境，我们要想持续发展，只有靠人，我们只有做到“为人所不能为”才能制胜，这就是我们职工队伍建设的深层次的含义。

40+4不是算术

在江汽，如果听到有人说到“40+4”，千万不要以为是一道小学生的算术题，不然是会闹笑话的。实际上，“40+4”是江汽学习兄弟企业“创新”出来的一种团队学习的模式，1998年1月正式开始。

江汽的职工培训，每一个时期都有不同的重点，但是有一点永远不变，那就是：培育全体员工的共同价值观、共同行为准则和行为方式，使每个员工都能真正理解“团结、奋发、求实、创新”的企业精神和“系统思考、团队学习”的企业理念，以保证取得更佳的经营效果。要让人人清楚“制造更好的产品、创造更美好的社会”是使我们不断追求卓越的强大动力。

“40+4”就是江汽职工培训的一个重要部分。在江汽被叫做“40+4”工程，可见其规模之宏大。该项工程内容包括：德育和学习能力、作业能力的培养。“40”是指每周工作40小时，“4”是指每周要进行4小时的脱产培训。

“40+4”工程不是“拍脑袋”的想法，它的出台可以追溯到左延安最初的一些思考。此前，左延安不只一次说到，提高职工素质，怎么提高？那就是培训。培训，说起来很简单，但是怎么培训，却是个比较棘手的事。

学习型组织本身要求不断完善，不断创新，因此只能永远走在探索的路上，而没有终点。这个过程就是不断组织员工学习，结合岗位职责要求强化职场训练，使大家认同、接受企业价值观，跟上企业发展的过程。即使在没有提出学习型组织前，左延安已经认识到培训的重要性。在他上任之后，江汽的发展步伐明显加快，学习孕育新观念、新理念用于指导实践，同时一些新的思想和观念也不断通过实践总结出来。

有一次，左延安在职代会作报告。当他讲得神采飞扬兴致勃勃的时候，却发现台下很多员工一脸的茫然，私下里一问，说是听不懂。左延安急了：企业要发展，上级意图下级不明白，怎么能变成一个很好的行动呢？

这更坚定了左延安加强员工培训的决心。

“40 +4”的培训，一方面包括企业的大政方针、战略思想、行为准则、规章制度，也包括对工人进行文化补习，初、中、高级技术培训，着力不断提高员工的整体文化和技术水平。很快，江汽的培训就在全国的机械系统中名列前茅了。

40+4=最大的福利

这是左延安在集团公司一次提升管理能力研习班结业典礼上提出来的。

他说：“我们对于工作出色、成绩优秀的员工的最高奖励，不是住房、奖金，或其他什么物质利益，而是给予他一次学习机会……”紧接着，公司内部对这句颇有煽动意味的话，进行了大量的宣传。

1998年，每季度的中层干部会上，左延安都少不了讲“40+4”的话题，然而这个巨大工程的推动依然太难，整个上半年事情的进展颇不尽人意。

时间过了半年，虽然公司不断宣传“免费的学习是最大福利”的观念，但是部分员工对培训的热情并不高。左延安发现这一问题后，在上下班的时候，遇到职工就调查了解情况，结果发现，原来大部分职工并没有把“40+4”工程中的“4”作为福利来看待，因为“员工福利”，应该是员工所乐意主动要求的东西，因此部分员工并不珍惜这一福利。也就是说，部分职工还不愿领公司的这个人情！

“多情”却被“无情”恼，这也是事先预料到的。在进一步找原因时发现，部分职工之所以不拿培训当福利，有一个重要原因是二级培训工作没有组织好，意识上的惯性太大，而且“杂音”颇多，特别是部门主管的认识有很多不到位。有些部门领导人还只是把这种培训工作当做应付检查的差事，没有真正从员工成长需求的角度考虑来安排学习和培训内容，因而就不能调动起员工的积极性。

在1998年7月26日七届四次职代会上，左延安一改平时的温文尔雅，毫不客气地把批评的矛头直指向“中层”。为什么有些部门的培训工作那么出色？主要就是因为其部门领导重视了，培训内容丰富了，培训形式活泼了，所以效果就好了。

“当然，这里也有部分职工的认识问题。社会上广泛传播已经进入了‘知识经济’时代，但许多人对这个时代基本上没有什么认识。其实，这个时代就是一个学习的时代，一个创新的时代!这个时代，要求把提高人的素质、启迪人的创新意识、培育人的创新能力、发挥人的知识和智慧优势放在首位！”

“美国可以说是站在当今信息技术革命和经济浪潮前头的国家，但是面对世纪之交的全球智能竞争，美国政府对其国民素质仍然深表忧虑，提出了新的国民教育纲领。要求8岁以上的儿童能读会写，13岁以上的少年能上计算机网络获取知识，18岁以上的青年都接受大学教育，成年人接受终身教育。实际上，在职工内部，不少人根本没有计算机网络这样的概念，不少人还有‘一技走天下’的传统观念。要知道，在知识经济时代，信息技术的发展是日新月异的，任何不思进取的保守思想都是要不得的，甚至‘慢进都是一种倒退’的观念已经取代了‘学如逆水行舟，不进则退’的观念。为什么现在有些修理人员以为只有自己才能修好某些机床，非别人请不修？就是因为我们很多操作人员根本没想到自己来修，多学点儿东西。如果操作机床者会修机床，还会有人这样‘摆谱’吗？”

左延安的讲话，是说服教育，也是分析梳理，找到了问题的症结，也就有了相应的解决办法。会议之后，从课程安排、师资配备、考评制度，一一作了针对性的调整，很快，职工理解了公司高层的一番心意，参加“40+4”培训的热情高涨起来。

谢玲是江汽职工培训中心的一名教职工，从“40+4”工程启动，她就参与其中，对整体情况比较了解。

她说，如此大规模的职工培训，坚持将近十年，真是不容易！部分职工，从不理解到接受，从进了课堂坐不住，到能坐得住，从听不进去，到听得进记得牢，这个过程本身就是一种进步，所以员工们慢慢体会到自己的提高，也真正理解“免费学习是最大的福利”的意义了！现在，每周“40+4”培训，没有特别的情况，很少有人请假，提前看到通知，早早就赶到教室，跟上班一样。

培训的课程很多，都是职工听得懂、用得着的，比如，健康课、礼仪课、法律课、电脑课等，都是大家喜欢的。一次，在周六的培训课上，一位女职工老家来人看她，带了一篮子鸡蛋和两只鸡，打电话跟她说好的让她请假，可是她习惯性地进了课堂，一听就入了迷，下课后才想起来这个茬，出来一看，连人带鸡都在太阳下面晒着呢，真是委屈了客人和那两只鸡了！

谢玲还算过一笔账，一周4小时，一年52周，10年下来，那就是将近2000个小时的学习时间，几乎相当于一个全脱产大学专科毕业生所学的课时。

48岁的女职工张泽芳参加厂里组织的计算机技能培训。第一次接触计算机，她拿着鼠标在空中划了几圈，奇怪地问辅导老师："这屏幕上的东西怎么不动啊？"她的提问并没有引起哄笑，包括张泽芳本人在内，所有在场的职工都强烈意识到，这将是他们今后工作必须依赖的工具，学不会、学不好就有可能失去他们干了十几年甚至几十年的工作岗位。张泽芳是刻苦认真的，她说："虽然我快退休了，但我要学会它。再说的确很有用处，至少退休回家后还可以辅导孙子嘛！"后来，她成了全厂第一个丢掉手工账本的记账员，并且还带了四个徒弟。

1971年进厂的老员工韩禄根，初中毕业便进厂工作，由于文化素质低，每到初中同学聚会时，他那些上了大学或者当上领导的同学侃侃而谈，而他一句话都插不上，为此孩子都瞧不起他。自从江汽开展"40+4"之后，他学到了很多东西，也开始养成思考的习惯，最近几年聚会，不再像以前一样缄默不语，而是不由自主地谈些自己的看法和观点，同学们对他的刮目相看令他觉得人格提升了。

“学，是为了用。”左延安说，“你参加40+4，一堂课，听懂两句也不错，这就说明你没有白来。时间长了，懂的东西就多了！”

40+4起作用吗

或许“40+4”并非江汽首创，但可贵的是江汽做到了坚持，一周也不能少。每个周六的上午，全公司万名员工，分班集中学习4个小时，一个也不能少。

此时的江汽，俨然一所学校。左延安认为，学习并不是停留在一个接受教育的层面上，教育是“你有什么能给我”，重在灌输，我是被动的；学习则同时注重满足个人成长的需求，“什么对我有用”，“我要吸收和消化所学的知识”，我是主动的。学习更重要的是学会“学习”，这里蕴涵着学习观念的深刻变革。

崭新的学习观念，必然带来崭新的人才培训模式，江汽提出开放式的培训。在 4 小时的课程中，排排坐变成了学员们平等交流的“圆桌会议”，演讲式教学变成了案例研讨、角色演练、各种游戏和野外训练，讲台上的老师变成了“节目主持人”和“导演”。学习的过程是开放的、互动的，学员在轻松交流的气氛中会不断地体会到学习的快感并萌生创意。江汽还引进了一个“学习力”的概念，提出未来企业的竞争将是学习力的竞争的新概念，只有那些有学习力的人，才可能成为人才。

江汽的学习氛围日益浓厚，学和不学，有没有区别？对员工而言，前面已有明确的答案，换句话说，40+4，搞得那么热闹，对企业作用几何？在当时，很多不了解江汽的人都会有这样的疑问。

40+4工程的全面启动，标志着江汽培训工作进入了一个全新的历史阶段。时任国家经贸委培训司司长王忠明到江汽调研交流之后，对左延安说出一番肺腑之言：

“企业个性的形成不可能是一朝一夕的。江汽过去的20年尚不足现在一年的产销量。由一个资源严重匮乏的地方老国企走出一条多年持续成长的江汽特色之路，我认为，不需要再去寻找什么奥秘，也不用去追溯什么根源，就在40+4的模式之中。”

企业的发展对人力资本的需求日趋旺盛。人力资本的作用将代替物质资本的作用而占统治地位，人力资本的投资回报将远大于用在机器、厂房、设备上的投资回报。左延安说，培训是高回报的人力资本投入，而不是简单的时间消耗。江汽把培训当成最重要的战略投资。

真正意义上的培训应更多地注意员工个性需求。过去的培训只能称为教育，培训特征不明显，现在要把“培训”还原成培训，在认识论和方法论上，都做出了创新和转变。

左延安在1999年的培训工作会议上说：“1998年搞了

‘40+4’，产量完成2.5万台，前年没搞‘40+4’，产量才1万多嘛，这说明学习不但没影响生产反而促进了生产，因为思维模式变了、习惯变了，解决工学矛盾的钥匙是员工的智能和智慧。”

左延安的看法显然是乐观的。多年之后，回望过去，左延安对“40+4”依然充满信心：“我们的‘40+4’已经坚持了十多年，这很不容易。‘40+4’不是江汽的发明，是我们学习来的，别人早已不做了，我们还在坚持。在此期间，全国各地各行业的企业、政府部门都来学习过，但是很多单位，长的3个月，短的1个月，就放弃了。所以任何一个新的东西，拿来容易，要做彻底了很难。凭着这股韧劲和百折不挠的精神，就证明我们江汽人是能把事业做好的。大家可以想象得到，40+4坚持这么长时间，要克服多少的困难！当然，我们也承认，40+4还存在着这样那样的问题，但不管怎么说，如果不是在形式和内容上不断地创新不断地变革，早已就坚持不下去了，所以应该感谢从事员工培训工作的干部员工，更要感谢全体员工的理解与支持。我一直在说，教育是‘一把手工程’，从上到下都是这样，只有‘一把手’以身示范，才能做得下去。培训工作是培育软实力的，任何一件工作都可以将培训挤掉，但是我们坚持下来了，说明大家对学习培训的认识到位了，这样的意识，在全国的企业中都值得喝彩……”

左氏学习观

领导，首先是培训师

企业领导，从一定意义上，都应是培训师、培训员。享有“当代企业泰斗”盛誉的GE公司总裁韦尔奇就声称自己是“生产人才”的。他将每年几次去克劳顿村(GE管理学院)上课视为漫长管理生涯中最愉快、最值得做的事情。他还非常肯定地说过：“一个企业学习的能力，以及把学问转化为行动的能力，就是最终的竞争优势。”我们看到，伴随着GE这个“百年商朝”长盛不衰的恰是一部从不懈怠的培训史，而“一把手”给予我们的深刻启示则在于，只有具有战略眼光的人，才会重视培训；非凡的企业家必定同时是培训家，所谓“言传身教”是也。

学习无处不在

哈佛大学的波特教授曾预测：“在未来，公司将比过去更像大学”。

所以我们要把办公室与教室连接起来。“办公室”即泛指一切工作场所，包括厂房、车间等，这就是日益激烈的国际竞争环境立于不败之地的各类企业的共同特征。学习培训无疑是企业成为学习型组织的主要途径，是企业应对经济全球化、市场化、知识化挑战的重要保障。工作学习化，直接将厂房、车间等演变成学习的课堂或教室。

学习无时不在

我们力图通过培训、学习与员工成长的互动，培养员工终身学习的习惯。企业领导不仅要动员和组织员工创造财富，同时也要给予每个员工以培训、学习的经历。这才是真正的“以人为本”。通过培训、学习来贯彻人道精神，实现人的全面发展和不断发展，是密切员工与企业关系、使企业获得持久竞争力的最根本途径。因此，终身教育、继续教育的价值最大化，莫过于全体员工素质的持续提高，从而有可能护佑企业“健康长寿”而不是过早夭折。

学，是为了用

有时候，很多人学习只是武装了嘴，并没有武装头脑。所以我们要把“有效性”作为培训的基本要求。人类已叩响知识经济之门，一般化的“学以致用”要求已远远不够，而“有效性”则是更高层次的要求，且适逢其时，因为在网络时代，知识的获取更为便捷，知识共享也更充分，企业要保持竞争优势，最可靠的办法就是比对手学得更快。壳牌石油公司的资深企划阿里·德赫斯就认为：“一个成功的公司是一个能进行有效学习的公司。比你的竞争对手更快的学习的能力，可能是唯一持久的竞争优势”。可见，所谓“有效性”，其现代内涵主要是指快速有效的学习能力。培训，要“授人以渔”，也就是说，传授有效的知识固然重要，但更重要的是应当教导如何在快速索取有效知识方面捷足先登。培训的直接有效性，往往取决于传播知识的快捷与神速；而有效掌握“快速索取知识”的能力，实在是最要紧、最有效的知识。

向一切可以学习的人学习，向一切可以学习的事学习。

变“要我学”为“我要学”。

6 “结构主义”

企业文化不是管理方法，而是形成管理方法的理念；不是行为方式，而是导致行为方式的动因；不是人际关系，而是人际关系所反映出的自身处世哲学；不是工作、服务本身，而是对待工作、服务的态度。它既根植于公司的一切活动之中，又流溢于公司的一切活动之上。

寻找“慧眼”

左延安思考“企业文化”这个问题，应该早于与彼得·圣吉的邂逅，只是那时的江汽还没有对企业文化进行系统思考。1998年以后，集团成立，企业大了，人多了，管理的幅度增大，难度也增加了，靠几个集团公司的几个高层领导，能管得过来这么大的一个摊子吗？规章制度能全覆盖而无遗漏吗？

那么，有没有一种管理，能够渗透到企业的每一个角落呢？

那就是文化，具有鲜明特色的企业文化。企业文化可以统一员工的价值观，持久地影响员工的意识观念，规范员工的行为，直至影响企业绩效。

1998年初，左延安就开始着手企业文化建设。左延安要启动一个项目，事先都经过反复的酝酿，反复思考，等到成熟之后再和盘托出。“小企业靠能人，中型企业靠制度，大企业一定要靠文化！”左延安这个时期，在集团高层内部经常表达这样的意思。既然找到了一双管理的“慧眼”，那么，这双“慧眼”，到底长什么样？怎么用好它？

企业文化是指企业全体员工在长期的生产经营活动中培育形成并共同遵循的目标、价值观、行为规范的总称。建设企业文化的目的是全面提高企业竞争力，使企业保持永续经营，并通过企业文化建设培育更多的优秀人才从而实现企业的快速健康成长。

企业文化不是管理方法，而是形成管理方法的理念；不是行为方式，而是导致行为方式的动因；不是人际关系，而是人际关系所反映出的自身处世哲学；不是工作、服务，而是对待工作、服务的态度。它既根植于公司的一切活动之中，又流溢于公司的一切活动之上。

自1990年以来，江汽积淀了一些文化，但不系统、不完整，存在阶段性和局限性，有必要进行整合、消化和提升，需要整体策划，系统总结、整理现有的文化现象，包括企业精神、愿景、理念、方针、经营战略、人才观念、价值观念、市场观念、质量意识、竞争意识、危机意识、利益意识等；将企业文化建设与思想政治工作、企业管理、人力资源培训开发结合起来。

左延安画了一个图，把他理解的企业文化形象地表现出来：最外层，即物质文化层。包括厂容厂貌、设备、产品质量及外观等有形的物质特性构成的企业“硬文化”。中间层，即制度文化层。包括企业领导体制、人际关系以及为开展正常生产经营活动所制订的各项规章制度。最内层，即精神文化层。包括用以指导企业开展生产经营活动的各种行为规范和价值观念、企业的群体意识和员工素质构成的企业“软文化”。

江汽文化是江汽人在生产经营的实践中和市场竞争的浪潮中逐步形成的，并在今后江汽的发展过程中，起到巨大的作用。

从“宝塔”到“大厦”

在许多理念提出以后，左延安一直试图寻找一种形象的描述，以便全员都能很好地理解，真正做到上下同欲，行动一致。

在描述人才工程方面，左延安用的是“塔”：宝塔式人才结构，动态整体优化。

“塔尖”要精，主要是培养技术和管理方面的学科带头人；

“塔身”要强，即培养一支中层技术、管理方面的骨干队伍；

“塔基”要实，指通过不断培训，建成一支素质好、技能精、作风过硬的员工队伍。

这个描述，果然一目了然，而且，因为描述形象准确，还能借助形象，分辨出塔尖、塔身、塔基之间的关系。

那么，“江汽大厦”这个形象，左延安又想说明什么呢？

1999年初，世纪之末，左延安提出“江汽大厦”，也决非一时兴起，信手拈来。“系统思考”注重结构，从某种角度来说，结构决定着企业行为，左延安对此感触颇深。因此，当江汽发展到这一时期，左延安更加注意“结构”问题。所以，在这里不妨称之为左延安的“结构主义”。随着时间的推移，动态地解决结构问题，是左延安经营思想非常重要的基础之一。从后来每一步的发展来看，左延安的特点是，先“结构”，然后还能“解构”，这一点，也算是左延安的过人之处。

江汽从一个濒临破产的企业，在竞争环境恶劣的情况下，连续8年高速成长，1998年产销突破25000台，销售收入突破11亿元，成为业内的“江汽现象”，确实是不容易，也很可喜。但是，左延安看到的是，要想保持这个增长速度，不出现偏差，现有的理念“结构”已不能作支撑，必须更新。它要博大、坚固，而且自成格局！

于是，左延安想到了大厦，江汽大厦。

“江汽大厦”由三个部分组成，即厦顶、厦身和厦基。

“厦顶”就是公司的企业文化。

“厦身”就是以技术创新、管理创新和制度创新为支柱的大厦主体，它包括市场开发、产品开发、管理进步、机制改革等很多内容。

“厦基”是指人才工程与教育培训工作。

可以看出，“江汽大厦”实际上涵盖了公司的所有活动。这里的建设要抓住一个核心，即创新。在一切工作中导入创新思维，只有以创新来武装，“江汽大厦”才能够真正建成。

作为这座“大厦”的总设计师，左延安不否认，他的这些想法跟学习的关系。事实上，这些想法的确是他通过不断学习所感悟出来的。一个非常抽象的问题，如果要用文字表述，没有大篇文章也许说不清楚，而通过左延安如此一“结构”，便形象生动，清晰明了，员工便很容易理解并记忆了。

从后来的发展看，无论是提出“塔”式人才理念，还是全方位涵盖的“江汽大厦”，左延安的“结构主义”都是为了适应瞬息万变的市场环境。

既然是“大厦”，几件必备的“建材”不能没有，不然，也不成其为大厦。事实上，几年的发展，江汽已形成了自己的大厦之顶——企业文化；技术改造上达到了经济与技术、投入与产出、管理与技术进步的平衡，产品上的贴近市场、适度超前、动态决策，分配上的存量相对稳定、增量拉开差距，内部适度竞争，构成了大厦主体。

早期“江汽文化”的部分“零件”

一、企业愿景：制造更好的产品，创造更美好的社会

这一愿景为江汽人设计了一个高品位的、永恒的追求目标，表现了江汽人热爱祖国、回报社会的美好愿望。

二、企业精神：团结、奋发、求实、创新

这八个字是江汽人在经历了汽车市场的风风雨雨后总结并已在全体员工中形成的一种精神。

三、核心理念：系统思考、团队学习

这是彼得·圣吉《第五项修炼》中的精髓，也是目前世界最先进的一种管理思想。因为任何一个企业都是一个系统，要使企业发展，光靠某一方面的进步是不够的，必须连续、动态地思考，使系统活起来，产生联动；光靠一个人的学习也是不够的，必须靠整个团队的学习并产生互动使团队处在整体最佳搭配状态，形成不可战胜的团队精神。

四、共同价值观：江汽利益高于一切

企业利益最终体现的是国家利益，企业发展了，国家才有利益，员工才有利益；企业搞垮了是对国家利益的最大侵害，员工亦无幸福可言。所以，企业利益应是至高无上的。爱国从爱企业爱岗位开始，有了这一共同的价值观，全体员工才有可能将企业视为自己的家。

五、公司方针：质量第一，顾客导向

顾客导向有别于市场导向，市场导向有误导的可能，形成从众经营和跟风经营。而顾客导向是通过研究顾客的心理需求，挖掘潜在的市场需求。对企业内部而言，下道工序就是顾客，销售公司是所有部门的顾客，在企业内部形成一个顾客链。

六、决策准则：

产品决策：贴近市场，适度超前，动态决策；

技改决策：整体规划，分步实施，小步快跳，滚动发展。

七、人才工程：

宝塔式人才结构，动态整体优化。

“塔尖”要精，主要是培养技术和管理方面的学科带头人；

“塔身”要强，即培养一支中层技术、管理方面的骨干队伍；

“塔基”要实，指通过不断培训，建成一支素质好、技能精、作风过硬的员工队伍。

八、基本策略：

竞争策略：品种，品质，市场建设；

产品开发策略：始于市场，学习创新；

分配策略：存量相对稳定，增量拉开差距。

九、结构及长期目标：

面对知识经济时代的到来，应以新的思维模式来制定我们的目标：

1. 组织模式：建成优秀的江淮汽车板块，实现自主飘移；

2. 企业素质：建成开放的学习型组织，能动地参与国际经济技术合作；

3. 产品结构：多品种、适度批量；

4. 工艺结构：两头强中间精，柔性化、自动化、信息化；

5. 绩效目标：永续经营等。

十、建设好江汽大厦

屋顶：企业文化；

立柱：制度创新，技术创新，管理创新；

基础：以全员培训为基础的人才工程。

7 左“倾”看法

企业小不是美，大也不是美，演绎从小到大的成长过程才是美丽的。不忘JAC昨天创业的艰辛，继续传承当年艰苦奋斗的宝贵精神，才能品味JAC今天成长的快乐。让我们与企业共同成长！

“左眼”看形势

左延安是一个非常善于收集信息，同时善于整合利用信息的人。所以，他看问题的眼光往往很独到。

左延安会在不同的场合给大家分析形势，同样的形势，经过左延安的眼睛一看，往往就会大不一样。什么时候做什么事，什么时候不该做什么事，什么对企业有利，什么对企业不利，什么时候不利能化为有利，等等，左延安总能明辨。

2000年之前，江汽的学习型企业模式以及这一模式带来的持续高速的成长，在国内企业界产生了很大的影响，尤其是媒体的集中宣传推介，江汽“红”了！总之，形势一片大好。用左延安的话说：“高山打鼓，名声在外”！

名气大了，国内来学习取经的企业也多了，有政府部门组织的，有企业自发组织的，有国营企业，也有民营企业，有大企业，也有中小型企业。有时，一天能来好几拨儿，这批前脚刚走，那边又来一批，一时间，江汽成了展览馆。

在左延安看来，江汽有了名气，从某种角度来看，未必是好事。这容易误导企业的当局者，弱化员工的危机感，甚至会让人心浮躁起来。而做企业需要的是踏踏实实，一步一个脚印。

事实上，左延安思考的还不止这些，他已经在目前的成功里，看到企业发展背后的隐隐约约的危机。这就是他经常提到的、也是他经常做的“反思”。

2000年，新世纪开端，千禧之年伊始，左延安没有跟大家说好听的，而是兜头一盆冷水。1月27日，八届三次职代会上，左延安说：“我们江汽现在遇到了成长瓶颈，这不是故弄玄虚！”

因为有过当年的“甲申”之痛的教训，左延安挑这个时候跟大伙谈这个问题，就显得非常正常了。话又说回来，左延安的确不是故弄玄虚！

凭着多年的观察和实践，左延安得出了一个有关企业寿命的“数字化”：“1、3、5、8”现象，即企业在技术创新（有好的产品）的条件下，繁荣1～3年；若是加上管理创新，可以持续进步3～5年；再加上制度创新，又可以发展5～8年。而到了第8年，多数企业便进入成长的瓶颈期，呈现增长停滞状态。

江汽正是处于这种时期，成长瓶颈此时已经初露端倪。一方面是客观规律所致，另一方面，主观上确实反映出一些“瓶颈”现象：

9年连续高速发展，累积了一些深层次的问题。产品品种越来越多，工作量越来越大，要求越来越高。心理能力、智慧能力都处于上限，以致一些员工感到压力很大，甚至出现浮躁情绪。

感觉误差。自认为说到了也会做到，其实不然。比如价值观，自1996年以来就讲愿景，颁发手册予以宣传贯彻，而其实并未到位，各种管理思想和方法的运用，如遵章守纪、质量管理、深化工艺、绿化工序、精益生产、ISO9001贯标等，在过程中，几起几落仍没能真正做到位，这就叫感觉误差。

员工的创新意识和创新能力不能适应快速发展的要求。有些人为什么不去想能否更好一些更快一些去做？比起日本、韩国、台湾地区的企业员工，差距还是很大的。

针对上述情况，提出了“积极策应，适度调整”的策略，这是上升时期的调整。要在9年以50%的增长速度中，保持冷静的头脑，积极地做好调整。

成长瓶颈是什么？就是阻力，也可以说就是危机！

要想战胜危机，必须去发现江汽的危机在哪里。

第一，人才不足，主要缺乏经理型人才。企业当前的资本运作、技术创新、国际经营活动，都需要高层次的人才。与人才相关，分配问题始终在困惑着国有企业，如何留住人才，这是最大的瓶颈，必须在机制上解决问题。

第二，是部分员工自我感觉良好，缺乏寻找差距、对陈规陋习自我批判的精神，缺乏危机感。

第三，企业规模偏小，开发能力不足。

第四，缺乏创新的动力机制。

第五，产品结构性危机。

问题找到了，如何战胜危机，越过“成长瓶颈”，实现永续经营？

首先，要培养一支优秀的干部队伍，以吸纳、送培、自培等方式，加强干部的培养教育。对干部进行轮岗训练，为干部设计成长路径，同时要引入竞争机制。这些都必需制度化、规范化。

其次，在培养一支优秀的干部队伍的同时，要把江汽建成学习型组织，这是最核心的问题。

在国外，企业500强的名单每年都在变化，其中经久不衰的公司都有一个共同的特点，就是都具有学习型组织的一些基本特征。国内有些企业，一时知名度很大，几经风浪后，不少便销声匿迹了，这些企业可以数出很多。考察这些企业，就可以发现：没有内涵，小富即安，大富则狂，一狂就垮！国内企业的现实教育了江汽，20世纪90年代初的经历也为江汽敲响了警钟。一个企业如不学习或以功臣自居，滞障就会随之而至。

江汽规模小，要有顽强的生命力，就必须学习。靠学习去增强竞争能力。现在进入知识经济时代，文化力的作用越来越重要，而文化力是靠学习凝聚而成的、未来唯一有效的优势，是有能力比你的竞争对手学习得更快。建设学习型组织，培养学习创新能力，使企业员工感受到有意义的工作是生命的一部分。《第五项修炼》是一部非常好的教材，因为它提出了系统思考、团队学习这个至关重要的问题。真正的学习必定是修炼的过程，也就是修心、修性、修行的过程。

“左眼”看“人”

左延安在江汽“人才与发展”报告会上，大声疾呼：“江汽的事业需要大批人才！”

这已经不是第一次，此时，左延安的心情完全可以用“思贤若渴”来形容。对一个企业来说，规划的蓝图再好，没有人才，没有能干的人才，一切都很难成为现实。

随着市场经济的发展，竞争日趋激烈并不断升级。正经历着“规模竞争→品牌竞争→人才竞争”的演变。人力资本是众多生产要素中最重要的，快速发展中的江汽公司特别需要经理型人才、技术创新人才、资本运作人才和国际化人才。江汽产品的开发队伍从数量和质量方面都与企业发展极不相符，市场需求呈几何极数增长，而技术人员却是百分数增长，工作上难免疲于应付，这也是质量、管理等方面不断产生问题的根源。

左延安知道人才的重要，也明白留住人才、用好人才的必要。对江汽来说，当务之急是，要尽快改善留人、用人的机制。

国有地方企业留住吸引人才的宏观环境与微观机制本来就处境艰难，地域环境和政策取向决定了留住人才的环境和条件更差。江汽本身在留人、用人、待遇、生活条件等微观制度方面也还存在不少缺陷，必须多维度地采取措施加以改变。

1. 创造成就事业的机会，为员工设计不断成长的路径，创造条件满足不同层次员工自我成长的需要。

2. 尊重人才。人本管理很重要的一点就是人与人之间的相互尊重。对新引进的大学生，首先要理解，多看优点，多激励，要善意地批评和帮助他们。同时，也要正视外部信息对年轻人的影响，加以正确引导。要从工作上、生活上、家庭上多方面关心他们。

3. 提高待遇。以微观的相对公平降低宏观上不公平带来的心理不平衡。要持续提高员工收入，同时结合股权奖励、大福利如住房、送培等，待遇向创新能力强、有突出贡献的人才倾斜。

4. 注重培养。秉承“德才兼备，品格第一”的用人宗旨；创造学习的机会，特别要注重传、帮、带的内源学习；不断规范和完善新进公司员工的实习管理。

5. 坚持绩效考核制度。着眼于成长的需要，引进适度竞争，优胜劣汰。企业在内聘主师、师、助师时，打破论资排辈的习惯，取消工龄的界限，以能力和绩效为考核分配依据。

6. 注意从学风好的学校引进大学生。学校的校风如何对学生的影响很大。

在人才方面，左延安是有雄心的。江汽需要人才，但是，江汽决不是“捡到篮子里都是菜”，什么样的人才都要。江汽的事业需要的是什么样的人才呢？德才兼备，品格第一！左延安多次在新员工培训会上坦露心声，同时谆谆教诲刚入职的员工们要谨记：

1. 德才兼备，品格第一。

国家兴亡，我的责任，爱国从爱企业开始。优秀的人才应该是为国家繁荣昌盛和更多人的幸福而认真工作，不懈追求，这也是人才必备的素质。

江汽人在实践“制造更好的产品，创造更美好的社会”的愿景的同时，必须担负起公民应尽的社会责任，通过有意义的工作活出生命的意义。

与其抱怨这个社会是个大染缸，不如做一颗沉淀心灵色素的明矾。我们常抱怨社会上的一些不公平，但能否从自己做起，对人感恩，对己克制，对事尽力，对物珍惜，培养品格竞争力。现实将会进一步证明：能继承中国优秀传统并结合现代意识有所创造且在品格上具备竞争力的人，将是今后最需要的人才。

2. 不忘江汽昨天创业的艰辛，继续传承当年艰苦奋斗的宝贵精神，才能品味江汽今天成长的快乐。我们用共同劳动创造了10年的高速发展，而创造江汽明天更好的家园，既是为自己，也是为他人，更是我们义不容辞的责任。

3. 让我们与江汽共同成长。企业小不是美，大也不是美，演绎从小到大的成长过程才是美丽的。我们应珍惜这样的机会；个人与企业互动，共同成长，把自己融入到企业。仅有不满足现状的想法是远不够的，还要有实际行动去改变现状。同时，企业也要创造好的环境，使员工与企业共同成长。

4. 扬长避短，健康成长。现代的大学生有很多优点，如对新知识、信息敏感，接受新事物快；自信，敢想敢为；能力提升快，自我实现的欲望比较强。但也必须注意克服一些倾向，如过分“强调自我”的价值取向；急功近利，心情浮躁；自尊心太强，容不得批评；社会责任感不强；不能正确地看待实习，有娇、骄二气。年轻的大学生们要加入品格训练的行列，客观地设计自己成长之路，成为新时代的优秀人才；同时，各级领导要像关心自己的弟妹、子女一样，既关心爱护，又要严格要求，帮助他们健康成长。

5. 加强学习。

（1）注重内源、外源学习，培养情商，学会尊重人。

（2）学会反思，学会做改善。反思自己可以多理解别人，不断的改善、创新对培养个人能力大有益处，可以促使学习力转化为创新能力。

（3）学习江汽价值观体系，只有在理解、认同的基础上，才能用心做好每件具体工作，才能为江汽的目标不懈奋斗。

（4）钻研业务，扩大知识面，成为复合型人才。广大青年员工要珍惜时光，刻苦钻研业务，学习一两门外语，为江汽走向世界做好准备。

初遇“跳槽”

2001年前后，关于“人才”、“人力资本”的话题，左延安谈得越来越多了。这些话题，与企业发展的需要有关，但是与那一段时间里江汽的“跳槽”多少应该有点关系，至少在客观上有时间上的关联。

人才流动在市场经济条件下是非常正常的，但是对江汽多少有点不正常。销售部门是锻炼人的地方，也是出人才的地方。2000—2001年，江汽销售公司三个部门经理先后都“跳槽”了。

鸟往高枝飞，人往高处走。如果是一个人走，那是正常的，但是如果一个销售公司三个部门经理前脚跟后脚都走了，那就是不正常了！

左延安对这次“跳槽”事件有“预感”，同时也受到不小的震动。在梳理他们跳槽的原因之后，左延安不得不考虑“待遇留人”的问题——“年薪制”。

说到“年薪制”，左延安并不陌生。早在1995年，广东番禺红桥客车厂厂长来江汽谈业务，一起闲聊的时候，广东客人给左延安算了一笔账，认为左的年薪应该是75万元。而事实上，左延安当时的年薪不足两万元。广东客人听说一个大企业的老总年薪如此之低，颇为不解，由于当时内地的特殊情况，不是三言两语能说清楚的，左延安只好付之一笑。

从企业发展和人才战略的角度来看，年薪制势在必行。然而，当时，江汽直属于省机械厅，作为国企的负责人、共产党员，左延安自然不能擅自行动。但是，左延安在“待遇留人”的问题上，也不是没有考虑，在此之前，已经做了这方面的准备，“只增不减”、“稳步提高”等措施也已实施。可是，“小打小闹”，“杯水车薪”，总不能让一些人满意。

事实上，在当时，如果在改革开放程度较高的沿海地区，“跳槽”大家都可理解。可是在当时的安徽，这种事情还是引起了不小的震动，企业内部关于“年薪制”的呼声越来越高。如此一来，左延安被夹在了中间，上面是政府对国企的管控要求，下面是“为什么不搞年薪制”，左延安既不能违反上级的指令，也不能不考虑企业员工的呼声。总之一个字：难！

但是，左延安是一个沉着冷静的人。在分析利弊、综合考虑国家有关的政策之后，决定实行“待遇改革”，这同样是一个系统思考的过程，做上级机关的说服工作，做下面员工的安定工作，要依靠国家政策条件，还要考虑江汽的实际情况。

江汽的“年薪制”在不久的以后，还是实现了。当时有人说，是“跳槽”催生了江汽的“年薪制”。

“‘跳槽’和‘年薪制’这两件事是没有必然联系的。但是赶在一起却是偶然之中的必然。”江汽公司的一位副总曾经这样反思，“也可以这么说，那些人走，不是江汽的待遇低了，而是外面的诱惑太大了。”

这句话，听起来非常谨慎，意味深长。

有意思的是，当年那几位“跳槽”的人，后来陆续又回来了，原因大致相同：“还是江汽的小环境好！”

左延安没有因为他们“无情”在先，而后“无义”，依然向他们敞开怀抱，欢迎他们回到“娘家”。

8 品格是怎样炼成的

良好的品格造就美好的人生。做事先做人，有什么样的人品，才有什么样的产品。好品格产生信任，进而产生合作，合作形成团队，团队创造品质和利润。员工品格训练的宗旨，就是进行心性修炼，学会思考，学会做人，学会用心做事。

江汽“十二品”

对大多数企业家来说，缺的不仅是人才的“才”，还有“德”。

这一点一直困扰着几乎所有的企业家。左延安也不例外。从“跳槽”事件，左延安不仅看到了企业留人的不足之处，也看到了人才自身存在的品格问题。这是一组矛盾，习惯于哲学思考的左延安自然会想到这个层次。

金无足赤，人无完人。不过，左延安坚信，多数人通过训练是可以育成优秀品格的。比如，不同的校风育成不同的学生，企业素质可以影响员工素质，员工素质可以影响企业素质。有意识地、系统地做品格训练，一定会有良好的效果。

万物皆有品格。品格有优秀、低劣之分。品格犹如人的灵魂，只有具有优秀品格的人，生命才变得朝气蓬勃，生命的价值才体现得淋漓尽致。企业是人的事业，企业的活动体现着人的意志，企业产品是“假冒伪劣”还是“高质量、高品质”，企业追求是“利润最大化”还是“价值最大化”？不同的企业有着不同的答案。

当时，“入世”在即，与此相关的话题也颇多。加入WTO以后，与国际接轨最大的差别在哪呢？学术界众说纷纭，或曰科教落后，或曰管理滞延，或曰体制缺陷，等等，不一而足。然而左延安别有一番见解：“入世以后，要与国际接轨，最大的差距应该是人的素质。现在科技手段已经非常先进，很多产品与技术很容易被学习，只有人的素质、人的品格是无法克隆的，这就需要进行学习和修炼。”

员工品格训练的宗旨，就是进行心性修炼，学会思考，学会做人，学会用心做事。京都陶瓷的创始人稻盛和夫之所以把2/3的时间用在训练员工做人上，正是抓住了管理的本质，先会做人，才会做事。通过品格训练，员工除却浮躁，学会谦虚，学会自我评价。

根据多年的企业管理经验，左延安认识里的品格训练主要是利他的品格训练，那就是训练员工学会站在别人的立场上思考问题。主要包括：自重、明理、尽责、整齐、热忱、守信、主动、宽容、知足、敬畏、公正、感恩等十二个基本品格。

品格训练从领导开始，然后要求从高层领导到员工要层层示范品格。中国人的习惯是，宽以待己，严以待人，这样一来结果是上梁不正下梁歪。企业各级管理者要求员工不要损公肥私，干部就必须做到不以权谋私；要求员工不违规违纪，首先干部要做到不违规违纪；要求员工系统思考，大局为重，首先高层领导及中层领导要做到系统思考；要求员工对工作负责，领导就应该勇于负责，一事当先，不扯皮、不推诿，体现积极、主动的优良品格。特别是领导干部应做到：学而不厌，诲人不倦，胸怀宽广，诚实、正直，严于律己，宽以待人，谦虚谨慎，礼贤下士。

江汽中层干部“品格第一”训练班于2000年12月30日在巢湖半汤举办，那里有闻名世界的温泉。当然，左延安让大家来到这里，不是享受温泉，而是训练。

这期训练班是在中层干部能力提升班和“五项修炼”培训班轮训过以后所进行的更高层次的学习修炼。由中国科技大学商学院汤书昆教授、黄攸立教授和公司高级培训师康易成、王东生、王江安、王朝云六位同志担任教员，他们广泛收集了国内外围绕品格培育、修炼的经典故事、案例，编成教材。采用共同参与游戏、自己编故事、组织辩论会、现场捐款、小试验、作业呈报等活泼多样的教学形式，重点围绕自重、明理、尽责、整齐、热忱、守信、主动、宽容、知足、敬畏、公正、感恩等十二个品格要素进行强化训练，使学员从中感悟到树立品格第一的重要性，对品格训练的基本要素和意义有了更深的了解。

左延安亲临现场讲话。他指出：良好的品格造就美好的人生，一个人要具有良好品格和道德情操，就必须进行刻苦的修炼，这个过程需要不断去认识、理解和感悟，需要付出真诚和热忱，需要有顽强的毅力和恒心以及执着的追求精神。他勉励学员们回到工作岗位后，要从自身做起，从点滴做起，加强修炼。持之以恒，在“慎独”上下功夫，用良好的言行去带动和影响周围的人，让良好的品格发扬光大。

关于“以人为本”

左延安说：“做事先做人，有什么样的人品，才有什么样的产品。好品格产生信任，进而产生合作，合作形成了团队，再创造品质和利润。企业本身是个系统，要做好做强，就必然涉及人才、产品、市场等各个子系统，好比一个大链条上的各个环节，我们正是以连续、系统、全局的观点来理解、分析企业的经营活动，通过打造学习型组织处理好企业内部的各项工作，在不断提高企业素质和员工素质的过程中，使企业不断发展壮大。”

由品格问题，往往会联想到以人为本。以人为本的理念，古已有之。现代人的理解虽有不同，但只是赋予了它更多的时代内涵。左延安对以人为本的理解，同样充满着时代气息，同时还有浓重的企业家的思维痕迹：

就外部而言，以人为本是新的营销理念的核心，即以客户为中心的理念。

商用汽车一方面要考虑使用者的安全性，另一方面要考虑业主的经济性，即为用户创造更多的价值。在汽车设计的时候，设计者以客户为中心的意识决定了产品的市场生命力，满足个性化需求，体现了以顾客为中心的行销理念。也就是说从产品的研究、分析、定位、设计都要体现以顾客为中心的思想。按照这样的理念，客车底盘还应进一步细分市场，如公交车，不同城市需求就不相同，即便是同一城市，不同路段的要求亦不相同。如果我们有这样的理念主动细分市场、引导消费，那么我们可以把产品做得更符合顾客的个性化需求。

对产品品质的评价应该是站在顾客的角度以顾客的意见为主体。以前的质量考核体系侧重于符合性，现在已远远不够了，应转变观念，即从以内部的符合性质量参数为主转变到以客户的评价为主，这样对产品品质的提升会产生积极作用。实际上，世界上许多发达国家的优秀汽车企业都是以客户意见为主要依据对产品品质进行评价的。

有了高品质的适销产品仅仅是实现以客户为中心的理念的开始，还要让顾客以最满意的模式购买到更满意的产品。用户在购买产品的同时也购买了服务，因此，在设计销售通道、服务体系时，都要以顾客为中心，让顾客用最短的路径、最好的服务，得到满意的产品和更多的价值。

以人为本的理念可以延伸到视合作伙伴为顾客。合作伙伴不仅是下游终端用户和客车厂，还应包括上游的零部件厂，甚至包括特约维修厂站等。若以对待客户的态度对待合作伙伴，可以改善交往态度，最大限度地减少不良行为的发生。这一理念很重要，不仅是从事采购、销售的人员，全体员工都要确立这样的理念。

就内部而言，以人为本是企业管理的基本理念。

以人为本的管理主要追求最大限度地发掘人的潜能、创造力，激发员工的工作热情和创新欲望，这应是一个好的管理者追求的目标。

如何达到这个目标呢？左延安多次告诫管理干部：

第一，尊重是至关重要的。尊重人是正确处理人际关系的核心，如果做好了，各种关系都会和谐，就有利于各项工作的顺利开展。

第二，多交流、多沟通。现在大家的事情多了，工作内容广了，领导干部和基层员工沟通交流少了，这种苗头应引起严密注意和重视，这可能是大企业病的开始。今后，要采取多种形式，多渠道地进行全向沟通。

第三，激励要得当。要以正激励为主，且要及时，否则就起不到应有效果，同时也要有适当的负激励，没有压力也不行。

第四，制度设计和管理模式要有利于激发员工的热情和积极性。

以上这几点不仅公司领导要考虑，各部门、专业厂都要分层次考虑，通过这些途径，有效地体现以人为本的思想。

以人为本的第二层含义是为每位员工创造成长的机会。

首先是设计愿景，愿景会产生创造性张力。我们已经有了企业愿景，各单位、个人都应设计自己的愿景，也就是追求什么？可分近景、中景、远景，一步步地实践。

组织和管理者要帮助员工设计成长路径，使其有可能成全自我。组织还要为员工创造实现自我的机会，并正确引导；个人也应正确评估自身条件，作出正确的选择。

企业还要能为员工提供富有挑战性的工作和岗位，以满足员工成长的冲动，同时要注意为不同层次的人才提供符合其成长要求的岗位。

以人为本的管理还体现在为员工创造良好的工作环境和生活环境。这项工作我们早几年就提出了，也逐步在做。如改造各专业厂的卫生间，美化住宅小区，改善就餐环境及住房条件等，这也是人本管理的重要方面。

人本管理与科学管理

人本管理应建立在成熟的科学管理基础之上。应该说我们过去在科学管理上下了不少功夫，做了不少工作，但不系统、不规范，缺少连续性和持续精进的改善。

所谓科学管理，包括基础管理（如工时、材料定额等可量化的管理）、专业管理（如财务、设备、人事管理等）和现场管理。科学管理是以定量为基础、标准规范为依据、考核奖惩为手段的管理，属自由王国阶段，所以必须完善标准，学习标准，执行标准，严格检查，考核奖惩形成闭环。通过科学管理使员工逐渐养成按规范作业的习惯，同时，通过考核将最“末位”员工挑出来学习培训，优胜劣汰，形成动态压力，最大限度地减少低级问题和错误。

在江汽，人本管理与科学管理将在相当长的时间内并存，我们任何时候都要坚持人本管理，同时，根据企业的实际情况，适时强化巩固科学管理的成果，不可以将两种管理绝对分开或对立起来。

能够看出，左延安这些阐述的背后，有着儒家思想的背景和底色。以人为本，人以品格为本，在这个时期构成了左延安用人的坐标系，也就是江汽用人的坐标系：

第一个坐标系：横坐标代表处理工作的能力，纵坐标代表处理关系的能力。一般地讲，企业以横坐标选人，即处理工作的能力越强越可以用，纵坐标指标高的人能力往往是有限的，这个是统计规律。

第二个坐标系（韦尔奇坐标）：纵坐标是能力，横坐标是品格。并提出能力很强、品格很低的这类人是不可用的。因为这个社会是靠两根支杆支撑的：一根是法律支柱，一根是道德支柱。就像十字路口的红绿灯，红绿灯是法律支柱。外国红绿灯失灵以后照样不堵车，而我们有了红绿灯还你挤我、我挤你，驾驶员照样闯红灯。这就是道德支柱出了问题。因此，如果品格不具备竞争力,企业就不可能有很高的素质，也就不可能有永续经营的能力。

有意思的是，左延安在这个问题上也有更为直接的表达，后来被人称为“大人才观”：只要你能创造性地工作你就是人才。

9 “大人才观”和“大福利”

JAC的“三个留人”是协调的有机体：事业留人是根本，骨干员工要多想事业；感情留人是纽带，各级领导要身体力行，层层示范；待遇留人是基础，高层领导要特别关注。

“三个留人”原则

企业大了，跟企业相关的配套措施都会跟着“大”起来。比如，用人，福利。这个时期，左延安提出了“大人才观”和“大福利”，以期与企业发展相适应……

左延安曾说，地域的环境和政策取向决定了地方国企留住人才的客观环境相对差些。江汽本身在留人、用人、待遇、改善生活条件等微观制度方面也还存在不少缺陷，都需要尽快改善。也许正因为如此，江汽和多数企业一样强调“事业留人、感情留人、待遇留人”的“三个留人”原则。

实践证明，江汽提出的“大人才观”是正确的。三条成长路径也说明了这一点，这个应对策略从理念上说，就是要提高人的“素质工资比”，即素质提高比工资增长更快。

“入世”以后，左延安开始实施引进与培养并重的人才方案，将经理型人才、技术创新人才、国际化人才、资本运作人才的培养与引进提到工作日程，配套机制在接轨中创新，机制变革基于稳定性、柔韧性、权变性，机制变革的突破口定在分配与用人，因此人力资源整合迈出了一大步。

“三个留人”就是这个时候提出来的。左延安对“三个留人”的原则进行了具体的诠释：

一、事业留人

（1）通过做好事业活出生命的意义。

（2）设计愿景，使之成为成长的张力。

（3）帮助指导员工设计自己的成长路径，使之有可能成全自我。组织部门和各级领导要当好参谋，当好咨询师，帮助员工理性地选择成长路径。

（4）提供富有挑战性的工作和岗位，满足成长的冲动。

（5）鼓励员工与企业共同成长，使企业良性地发展，与员工的个人成长产生互动。个人成长促进企业的发展，企业的发展拉动个人的成长。

（6）培育员工的事业心，使员工真正地做到爱岗敬业，通过领导的示范作用，提高需求层次，倡导事业至上的价值观。

二、感情留人

（1）在基层创建学习型小团队，通过训练协调配合能力，提高团队整体运作能力，做到氛围留人。有句话叫“高薪不如高兴”。

（2）搭建多元化的交流、沟通平台，尤其是各级领导干部要多与员工交流、交心，关心才能赢得同心，交流沟通是思想工作最重要的抓手。

（3）创造尊重知识、尊重人才的微观和中观环境，要有正确的价值导向，再者就是有效的物质与精神激励，及时激励很重要，同时要学会赞美。

三、待遇留人

（1）树立“人力资本”的理念。江汽1990年时净资产差不多为零，而到2011年集团公司净资产已近九十个亿，这就是人力资本产生的价值，是全体员工共同努力奋斗的结果。好的职工队伍加上正确的指导思想，形成人力资本。

（2）市场配置资源的功能是市场经济的重要特征。人往高处走，水往低处流，价格绝对不可以背离价值。

（3）内部的适度竞争适应外部的激烈竞争，通过差异化体现公正，让不同层次的人有合适的待遇，优胜劣汰的机制就是留住优秀的人才，让不适应企业发展的员工妥善地分流出去，到社会中重新找准自己的位置。待遇的差异化是形成内部适度竞争的必要手段。

左延安认为，“三个留人”是协调的有机体：

事业留人是根本，生产、管理、技术骨干要多想事业；

感情留人是纽带，高层、中层、基层领导要身体力行，层层示范；

待遇留人是基础，高层领导要特别关注。

由此，江汽将社会上流行的口号转化为可以执行的人力资源管理要领。

福利是什么

应该说，薪酬问题是企业永远不能圆满解决的问题，这也许与人性中某些欲望相关，因此不可能方方面面都照顾到，尤其是大型企业。

江汽的薪酬体系一直在与时俱进。作为一家大型国营企业，解决好薪酬问题，就是解决人才的安定团结的问题，这一直是左延安比较用心的事之一。

几年前，江汽试着从传统的薪酬模式向“组合式分配”模式过度。组合式分配模式是江汽的发明。

组合式分配模式分为三块。第一块：现金，它包括基本薪水、奖励、以岗位津贴为主的各种津贴。第二块：福利，大薪酬的概念中，福利占有很重要的比重。第三块：股权奖励，以及将来的期权期股、股票的增值权、股票的远期所有权，等等。

按理说这个模式够科学了，可是就是这个创造性的分配模式，也没有得到一些人的理解。原因是什么？问题出在第二块——福利上。第一块是现金，这一块很容易明白，你手里拿多少钱，实实在在，一清二楚。可是福利就有点“无形”了，因为不是花花绿绿的票子，装到自己的荷包，所以有人认为“福利不是钱”。于是，有些怨言就出来了，说什么一年几十个亿，才发这么点钱，太不合理了。这样的话很快反馈到左延安那里，左延安只有沉默不语。这部分人的心情，左延安是理解的，但是怎么让他们明白福利也是钱呢？

在一次职工代表大会上，左延安跟大家心平气和地交流，想让大家明白：福利也是钱！

“……成本价住房，而不是市场化住房，我们小区9.6万的房子，小高层，在市内9.6万怎么能买到？这是不是福利？免费的培训，是最大的福利，因为这是培育你个人生存能力的；带薪休假、养老保险、失业保险、住房公积、医疗保险、免费午餐，等等，还有健康中心、低成本的物业管理，还有杂项服务如洗衣房，这些东西大家不要认为这不是钱，这统统是钱。今天我在这地方点一点，大家要意识到这个问题，都要进入企业的支出成本。讲薪酬时，不能不讲福利。”

薪酬的几个部分，怎么分配？公共福利是平等享受的，每个人午餐补贴是一样的，在社区里享受的低成本社区服务每个人是一样的，洗衣房洗衣是平等的，这一块是吃大锅饭。部分福利实施有限的差异化，带薪休假，各个不同层次的员工带薪休假的条件是不一样的，休息时间长短也是不一样的。另外在股权和现金这一块，贡献不一样，职务级别不一样，现金收入和股权奖励的比例大小，也是不一样的。

分配的安全性和保持比较优势是很重要的原则，超额分配是不合适的。（1）有计划、按比例地增长全面薪酬（现金、福利、股权激励），只能做加法，不能做减法；（2）总量平衡的原则，也就是说工效挂钩，总量控制，工资和效率要相对平衡，效益好就多发一点，这就是工效平衡；（3）效率优先、兼顾公平的原则，更应该强调效率优先；（4）促进人员的流动，要把人才留住，把人才引进来，要设计有竞争力的薪酬。促进人员流动是很重要的，譬如企业不需要这个人了，即使这个人很棒，但在这个企业里发挥不了作用，在薪酬设计时候，让这一部分人流到社会上去找合适的位置。

薪酬激励的核心问题是岗位定义、绩效评价，薪酬体系设计要考虑有利于加强员工的工作责任心。

事实上，一直以来，在分配制度方面，江汽坚持渐进式变革。一是职工工资有计划、按比例增长，即不管企业效益如何，工资都按计划只增不降，充分发挥激励的边际效应；二是存量相对稳定，增量拉开差距，处理好稳定和激励关系；三是落实培训和住房等大福利，处理好短期激励和长期激励的关系。

用左延安的话说，职工的待遇中，要有稳定剂，还要有兴奋剂。

10 激进与中庸

江汽的并购重组是从文化整合到资本整合，使优秀的企业文化发挥出资本无法替代的能量。经过两年多的无形资产整合，江淮安凯终于实现全面的无缝对接，走出了“1+（–1）=–1”的怪圈，体现了知识经济环境下知识资本的力量。

“结缘”现代

现在看来，无论是文化整合，还是品格训练，无论是团队学习，还是人才战略，这一切，都是左延安为江汽发展所作的铺垫，媒体称之为“练内功”。正是这段时间的“练内功”，把江汽引上发展的快车道。

2001年，看似平常，却被左延安定位为江汽发展史上的又一个转折点。这是沿着1991年的“底盘制胜”、1994年的“卡车换型”的线条来说的。2001年，江汽又上了一个新产品：商务车。

商务车是与韩国现代合作，起名为“瑞风”。事实已证明，它的成功，成为了江汽乃至中国汽车发展史上的一个奇迹。

从2000年年尾到2001年年初，中国汽车业出现从未有过的热闹，短短的时间内，陆续有十几款新车下线。除了正规的轿车厂家外，一些从前挂着“6”字头的汽车厂家也或明或暗地开始了自己的轿车战略；更有一些以生产卡车为主的厂家，也开始在这一领域里小试牛刀。

2001年3月，以生产轻卡和客车底盘为主的江汽与韩国现代签约，引进韩国H1生产技术，开始正式生产小型商务车。自此开始，江淮汽车也拉开了进军乘用车领域的步伐。

事实上，江汽与现代的合作始于1997年，那是在江汽收购合肥客车厂之后，作为江汽的全资子公司合肥客车厂，于1998年正式与现代公司签署AERO/TOW(一种8.5米到9米的中型客车)的技术引进协议。很快，这款原来在中国销售困难的原装进口客车在中国打开了销路，销量相当于现代公司年销量的10%，使现代公司吃惊不小。于是，双方又签署了新的技术引进协议。在引进中，江汽针对中国市场的特殊情况对现代的产品进行了技术改进。很快，这种改进的成果体现到了韩国现代在其本土生产的客车上。

2000年，江汽准备引进现代公司H1MPV的制造技术，生产适合中国市场的MPV。选择H1车型，江汽有自己的考虑：从合作方来看，现代是世界上处于上升状态的汽车公司，产品技术开发已很成熟；H1是现代汽车公司20世纪90年代末开发的主力商务车，当时已成为欧洲和日本等地的畅销车型，每年出口量达到6万辆，而这种车型在国内有着巨大的发展空间。

也许轿车真的是很多汽车生产厂解不开的情结，至少左延安是这样认为的。在他看来，生产轿车是每一个做汽车的人的终极梦想，而H1项目的引进，就是江汽为实现这种梦想迈出的第一步。

这第一步的合作，在当时是比较特别的，江汽直接采取了买断技术的方式引进H1，之所以采取这种方式，主要是想争取更多的自主权，将技术完全消化吸收，更进一步实现产品的自主开发。左延安认为，利用国外的先进技术，学习其先进经验，才是中国汽车企业发展的最好途径。

学习，一直是江汽的一大特色。与韩国现代公司这样的世界知名企业合作，江汽也抱以谦虚的态度。"描红"之说，就是在这时候流传起来的。

在左延安看来，中国汽车工业缺的不是智慧，而是踏踏实实学习的精神，这种精神正是使日本、韩国的汽车工业迅速赶上欧美等发达国家的内在因素。

左延安提出用"描红"的方法和精神去学习韩国现代公司的造车理念。众所周知，"描红"是中国传统书法教育中的一种有效的方法，左延安用来造车，可见对优秀传统的发扬光大。之所以拿现代公司的H1作为江汽"描红"的"摹本"，因为H1是现代公司打开欧美市场的利器，H1的生产和质量保障系统能够满足欧美最严格的质量要求和环保要求；同时，H1又有符合中国市场的性能价格比。在技术上，H1是有车架的MPV，引进H1可以充分发挥江淮汽车公司在客车底盘上的技术优势。

左延安说：“‘描红’之根本是我们要学人家的技术、学人家的管理、学人家做人做事的道理。不仅‘描’车，行为规范、职业道德、职业技能都好好地跟人家学，一样一样地好好学，然后发挥。”

应该说，与韩国现代公司的接触，江汽拿出了十足的诚意。但是，由于商务上的某些原因，现代公司却迟迟没有明确的合作表示。而此时，江汽已经做好了征地、建设等方面的准备工作。当时，如果说韩国现代公司可能有别的商务上的想法的话，江汽却是一心一意要上商务车项目的。就在两方谈判的过程中，闯过了一道道坎坷的江汽又一次面临选择。事实上，对江汽说，这种选择也是必然的。左延安当时放出话来：“你合作我们一起干，不合作我们也要干，并且一定要干好！”

这就是后来媒体报道的所谓江汽“逼宫”事件。当然，在江汽的“逼宫”态度明朗之后，现代公司权衡利弊，终于爽快地伸出了热情合作之手。随后，双方签署了H1的技术引进协议，江汽还争取到很好的商务条件。

也许，在现代公司的眼里，江汽曾经不过是一个“描红”的“学生”，而在此次“逼宫”之后，他们会不会对这个有着相近的文化传统的中国“学生”另眼相看呢？

整合汽车“皖军”

如果说，与韩国现代的合作显示出左延安少有的针锋相对的“激进”，那么，对汽车“皖军”的整合，则体现了左延安一惯的稳健推进的“中庸”。

2001年，左延安很累，其中一个原因就是他要运作整合汽车“皖军”。

在把江汽带上发展的“快车道”之后，左延安一直没有停止“整合”这种“痛苦并快乐着”的事情。之所以说“整合”对左延安来说是一种“痛苦并快乐”的事情，原因有二。江汽经过多年的调理，已经走上了“顺风顺水”的发展境界，自身的文化已经形成，若无外来因素影响，可以说稳步发展是没有麻烦的，这是其一。

其二，进入21世纪，经济的全球化进一步加快，国际范围内大规模的汽车产业重组和整合山雨欲来，尤其是国际大型汽车企业集团购并紧锣密鼓，而这些兼并重组的最大特点与以往不同，不是建立托拉斯式的联合体，而是解决资源共享、实现优势互补、全面提高能力的问题。在国内，以三大汽车集团为主体的重组和整合也在加速进行，形成新的竞争优势，而国内汽车企业的重组和整合也呈现新的变化，由单一的资产为纽带的重组转向多元化的重组模式。

在经济全球化的背景下，安徽汽车工业的发展遇到极大的挑战。此时，安徽省内汽车工业的重组势在必行。2001年，安徽省政府决定对省属汽车工业进行战略调整，这个担子便自然而然地落在了左延安的肩上。

当然，整合也好，重组也罢，它所能带来的利弊，左延安还是很清楚的，在全球范围内，并购已经成为企业扩大规模、增强实力、提高效率的重要手段。但是，就当时全球的情况来看，大部分企业并购后未能实现期望价值。全球并购整合业务合伙人JACK PROUTY先生在总结当今并购的70/70现象时指出，当今世界上70%的并购后企业未能实现期望的商业价值，70%失败于并购后的整合过程。这就应了中国的一句老话，“鱼儿好吃，刺难吐”！

P.S.萨德沙纳姆在《兼并与收购》的开篇中明确指出：“收购和兼并通常使两个相互独立的具有不同公司特性、文化和价值体系的组织包容在一起。所以，成功的收购兼并取决于不同组织之间如何进行有效的整合。”不错，企业并购后整合难，最难的莫过于企业文化的整合。许多企业在并购前只重视战略和财务因素，忽视两家企业并购后的文化兼容性。其结果是，貌合神离，水火不容。

事实上，江汽在不到10年的时间内，有近10例并购重组获得了成功，其关键因素在于江汽的并购重组是从文化整合到资本整合，使优秀的企业文化发挥出资本无法替代的能量。自1997年以来，江汽先后托管、兼并、收购、整体接收了多家破产企业，实现了对安徽省内7家企业的改造，直接解决就业人员近1万人。其中，最为精彩的范例，是对“安凯”的联姻。

重组安凯“四步曲”

作为与国外合作最早的中国大型客车企业之一，安徽安凯汽车集团（下称安凯）也曾有过辉煌。安凯是由合肥淝河汽车制造厂于1997年经安徽省经贸委批准改革、改组和改制组建的跨地区省级现代大型企业集团，职工近5000名。公司自1966年开始生产载货车，1993年与德国凯斯鲍尔公司签订技术转让协议，生产豪华客车，直接把发展方向锁定在高端客车项目。当时，一台搭载凯斯鲍尔核心部件的高档豪华客车价值200多万元，可见目光之超前。当其时，恰逢成渝高速公路建成，安凯豪华大客车首次运行于高速公路便大获成功，引领了中国豪华大客的发展，占领了先机。1997年设立股份公司上市，并于同年12月组建集团，下辖11家企业。其产品的品质在国内市场占据尖端地位，先后创造200万公里、300万公里无大修，其技术达到国际最先进水平。

然而，随着公司规模的扩张，厦门安凯、西安安凯、重庆安凯等子公司相继成立，由于扩张过快，加上经营不善导致投入产出严重失衡，企业资金链开始吃紧，经营业绩逐年下滑，安凯客车也逐渐失去了在豪华客车领域的主导地位。当时的安凯虽然产品在国内市场享有很高的知名度，但由于产品单一和产品、组织、产权、投资结构的不合理，以及经营管理等因素，企业很快陷入困境，直至2001年资金链断裂。

早在上世纪九十年代初，一些有识之士多次呼吁安徽汽车工业重组，并提出不少建议。由于历史的种种原因，始终未能实现。在安凯经营难以为继的情况下，终于可以抓住机会对汽车工业进行战略调整，安徽省委、省政府的目的很明确，就是要把安徽打造成我国一流的商用车生产基地，推动安徽汽车工业的快速发展。那么，谁来担此重任？放眼望去，在安徽能够挑起这个担子的，可能有人，但是最合适的还是左延安。因为他旗下的江汽正如日中天，且走势上扬。

2001年7月，安徽省政府任命江汽集团公司董事长左延安兼任安凯集团公司的董事长，并牵头安徽汽车工业的重组大任。作为一家严重亏损、濒临破产、银行负债高达8亿元的企业，安凯的情况，左延安当然了解，对于这样一个处于困境的企业如何去整合，的确是一个不小的难题。况且，由政府牵头对安凯集团公司进行兼并重组，这比用市场经济法则进行兼并重组又多了一层困难，因为国有企业稳定是大局。如果直接从资本入手，全面兼并，看似容易，但无法化解安凯多年形成的各种矛盾，甚至会给江汽发展带来极大的负面效应。箭在弦上，如何是好？

左延安掂量再三，一个清晰的思路渐渐浮现。

当左延安兼任安凯集团董事长之后，江汽与安凯的重组走出了第一步。左延安并没有立刻进行大刀阔斧的改革，而是以企业文化整合为先导，逐步实施全面整合。

左延安曾说："我们解决安凯困境的思路很清晰：发挥优势，正视困难；扬长避短，调整结构。有人说江汽—安凯的重组是'无缝对接'，我觉得这个说法很贴切。之所以能'无缝对接'，关键是有了前面所讲的无形资产的整合。而且在这一过程中，江汽的资源安凯可以共享，江汽的企业文化、企业管理、企业制度等引进到安凯，从高层到基层，没有感到两家企业的心理冲突有多大。再加上大量事实说明了改革的成果，重组企业之间的冲突就小多了，最后的结果是水到渠成，变成一个集团公司下辖两个上市公司。"

安凯和江汽是同属安徽的国有企业，在人文背景和社会环境等诸方面都有很多相似或者相同的方面，然而作为独立经营和管理的企业单位，他们也有各自的特点，企业管理理念和文化方面也显现出独特的诉求和方式。这也成为两企业合并重组中需要考虑的因素。江汽在逐步推进企业资源整合的过程中，为了避免激化安凯内部员工潜在的抵触情绪，采取先进行企业管理制度和文化输出，在建立了一定的共同认知和价值观基础上，加强了企业之间的联系，增进了了解，特别是以实实在在的业绩，向安凯上下员工投射出合作共赢发展的信号。

在整合之初，左延安董事长只派了江汽公司的王志远到安凯集团担任总经理，仅对安凯原有的领导团队做微调优化。与此同时，将江汽的管理理念和价值观导入安凯，搭建管理知识和文化资源共享的平台，促进了双方企业的沟通和交流，增进了两企业员工在思想观念和心灵上的互动。

在两企业重组之初，有员工对此存在一定的误解，从侧面折射出进行企业文化融合、统一思想认识的紧迫性、必要性和现实性。刘女士是一位普通的安凯员工，在江汽和安凯进行合并重组后，她的儿子也转到了公司职工小学就读三年级。然而，发生在儿子身上的一件小事，至今还让她记忆犹新。某日下午放学，刘女士像往常一样骑车去接儿子，看着自己穿着安凯工作服，和她儿子一同出校门的同学问：你妈妈是安凯公司的吗？刘女士的儿子答：是啊。那位同学带着轻蔑的口吻说：安凯公司不行，我妈妈是江汽的。令刘女士没有想到的是，在回家的路上，儿子神情严肃地告诉妈妈：你以后不要穿工作服来学校接我了！

既然是文化先导，那么代表江汽文化建设核心的创建学习型组织，也一定要在安凯推行。在江汽和安凯合并重组的过程中，左延安大力推广和实施“40+4”模式。然而，对于江汽在安凯推行自己企业文化的行为，很多老员工都有防备心理，潜意识里认为这可能就是文化侵略，不太愿意接受这样的“外来文化”。基于这样的心理，大家参与的积极性不太高。

为了进一步统一思想、提高认识，左延安董事长借集团运动会之机，要求和号召广大企业员工，以两企业的合并重组为新的起点，团结努力，积极发扬红军长征的精神，努力打造一支团结高效的团队，通过沟通协作，不断推进企业向新的目标和方向前进。

在会上，左延安指出：随着江汽和安凯合并重组进程的加快和深化，在统一工作着装的基础上，对安凯厂区的厂牌也要进行更新，在主题位置上统一悬挂JAC厂牌，实现企业外部标识的统一。虽然更换厂牌是情理之中的事情，而且也是一件很简单的事情，然而原来安凯的员工心情却很复杂，因为他们知道，安凯时代已经淡去。

面对这些不适应，左延安董事长知道，只有通过实实在在的行动和业绩才能向大家证明，两企业的联姻是优势互补、提升安徽汽车工业水平的重要途径。同时，只有通过不断的调整与融合才能促进交流，只有团结一心才能创造出更好的业绩，最大限度保障企业和员工的利益。

针对安凯的实际，为保持江汽的持续发展和安凯的稳定，左延安展开妙手，奏起了重组安凯的“四步曲”。

第一曲：调整结构，纵横兼顾

在结构调整工作中，最重要的是开展了产品结构调整：一是让安凯12米大客系列化，从原来单一的200多万元车型向下延伸到80多万元车型，这样的调整很快产生了很好的效果，“非典”期间，安凯客车销售同比增长84%。二是进行产品的横向结构调整，安凯客车在继续保持公路客车优势的同时，开发公交和旅游客车，并把引进的全承载技术运用到公交车上，做到性价比优异。

在经营结构调整上，主要是减少了安凯内部在客车产品上的过度竞争。为将资源集聚到安凯股份本部，关停并转了“厦门安凯”、“西安安凯”、“包头安凯”和合肥本地的合资工厂，只保留了“重庆安凯”和“安凯车辆”的部分股权，结束了内部的过度竞争。以前安凯品牌满天飞，品牌价值在贬值。经过调整，安凯客车的产品分工自然清晰：股份公司只做豪华、高端客车，车辆公司只做中低档车型。在品牌定位上：200万元左右的采用凯斯鲍尔技术生产的客车命名为“安凯赛特拉”，属于要精心呵护的产品；而通过消化引进凯斯鲍尔技术生产的平台产品，则用“安凯”牌；9米以下及低端产品则用新的品牌。

在财务结构调整上，全力实施“双压一降”工程：即压应收账款、压存货、降低银行贷款。

在产权结构调整方面，一是缩减在安凯车辆的股本。二是重组安凯重型车桥，安凯的重型车桥项目曾列入国家汽车生产规划，但连续多年亏损从未产生效益。2001年底，安凯联合丹东曙光车桥、北汽福田等公司成立了车桥厂，盘活了存量资产，抓住了重型车市场旺销的机遇，取得了良好的经济效益。原来车桥年销售收入不过2000多万元，2011年已超过20亿元。

按照左延安的构想，先期进行文化整合，可以最大限度团结员工，促进合作，降低重组的成本和风险，这是江汽-安凯联姻走出的坚实一步。

第二曲：引进投资，缓解困境

整合之初，当时年销售收入只有5个多亿的安凯，银行负债8.4个亿，存货4个多亿，应收账款4个多亿。企业已是资不抵债、资金周转极度困难、人心涣散，公司已滑至破产的边缘。

左延安按照江汽的模式，一方面推行管理优化，朝着精细化的方向发展。为了解决公司资金链紧张的问题，结合安凯的现实特点，实行了“双压一降”策略，减轻企业经营负担，同时深挖内部潜力，尽量降低企业生产成本和管理费用。另一方面，积极引进外部战略投资，缓解企业的资金压力。

2002年12月26日，安凯客车（深000868）发布一则引人关注的股权变更提示：公司第一大股东安徽安凯汽车集团有限公司与安徽省投资集团有限责任公司签订《股权转让协议》，安凯集团拟将其持有的公司5746万股国家股（占公司总股本的26%）以1.6亿元的价格转让给安徽省投资集团有限责任公司。转让后，安凯集团与投资集团有限责任公司分别占28.12%与26%的股份。

左延安说：“我们及时进行了股权结构的调整优化。首先引进了省内的战略投资者——安徽省投资集团公司，用1.6亿收购了安凯集团持有的安凯客车26%的国有股权。这1.6亿拿来和债权银行做债务重组，还一部分钱，免一部分钱，公司的巨额债务大幅度降下来。”

第三曲：资产重组，优化上市公司的资产结构

通过把安凯集团的有效资产与安凯股份的不良资产进行置换，将优质资产、优质股权置入上市公司，上市公司资产质量得到根本的优化，化解了安凯股份的经营风险和信誉风险。

第四曲：收购安凯，无缝对接

2003年6月，安凯汽车股份有限公司召开股东大会，选举产

生公司第三届董事会成员，新一届董事会选举王志远为公司董事长。同年12月，安凯与江汽签订股权转让协议，江汽集团向安凯集团收购其持有的安凯客车6214万股国家股，占现有总股本的28.12%的股权，成为安凯客车的第一大股东，标志着安徽江淮汽车集团有限公司成功重组安徽安凯汽车股份有限公司，从而实现了江汽与安凯全方位的无缝对接。

在注入了江汽注重效率、专业、专注的基因后，安凯的经营质量得到明显的改善，生产经营渐入佳境，客车产销年均以30%的复合增长率增长，还消化了长期形成的巨额潜亏。2008年的金融危机，给整个汽车产业造成了巨大的冲击，在其他汽车企业业绩和利润纷纷出现下滑的大背景下，安凯却凭借其高端客车的优势稳住了经营业绩，公司全年营业收入达214205万元，同比增长3. 061%；净利润达2402万元，实现了难得的同比正向增长1.522%。

2011年，安凯客车板块实现销售收入58.8亿元，实现利润总额1.6亿元，销售客车近1.3万辆；职工收入、福利和幸福指数大幅度提高，工厂和社区面貌焕然一新；作为当地的纳税大户赢得了社会的尊重和多次奖励。

正所谓，成就别人，也成就自己。在安凯产销进入佳境之时，江汽也继续保持高速增长。这些都是后话。

从文化整合入手，到资本层面的无缝对接，左延安和他的团队成就了一桩企业重组的美满“姻缘”，也给中国汽车业界留下了一个成功的经典案例。

11 学习的要义

不断地分析所处的环境来感知变化，是培育学习力的重要途径。学习不仅要向书本学习，还要向实践学习，向人学习，向事学习，更重要的是向自己学习，要学会反思，要善于总结经验和教训。

从“隔”到“融”

什么是完美的学习型组织呢？回答是世界上没有完美的学习型组织，只有最接近学习型组织的组织。因此，对于进行了10年学习型组织建设实践的江汽来说，就没有现成的标杆参考。江汽只能不断地靠近，不断地完善。而对于一个不断趋于完美的过程来说，最大的障碍是对新成员的培训。如何让新鲜血液融入江汽文化，让学习型组织建设稳定持续地发挥作用，是江汽面临的挑战。

2002年，现在的江汽专用车公司加入到江汽，作为一个濒临倒闭的企业，刚刚进入江汽的大家庭，新团队在文化上有些格格不入。时任专用车董事长朱德训形象地说：江汽已经上高速公路了，已经跑到120公里，但专用车公司这个团队还是原来的“慢动作”，一下子被带上高速，那一定是头昏眼花，晕头转向！

左延安对这种情况是有预见的。从合肥客车厂，到安凯集团，刚刚融入的时候，都有点“隔”。在左延安眼里，这种情况是非常正常的，但需要尽快解决，让他们融入“江汽文化”。

此时恰逢彼得·圣吉团队到江汽考察，对江汽提出了将企业愿景分解到个人的建议，这让左延安眼前一亮，同时让左延安对如何带动新团队有了想法。于是2002年，愿景分解的试点工作在专用车公司展开。将企业愿景层层分解到基层，最终落实到个人，是专用车公司2002年学习型组织创建“落地”的一个重要举措，最主要的一个目的，是让愿景成为服务企业、成就自我的原动力。

最初，他们就制定了企业的当年目标和3年愿景，然后层层分解：为了达到这个共同的目标，每个部门要做什么？为了这个部门的目标每个班组要做什么……以此类推到个人，让每个人都有一个愿景，让每一个人都觉得有一个“盼头”。

在自上而下分解的同时，自下而上的跟踪评估工作随即展开。当愿景分解到个人的时候，重要的一步是进行评估——这个愿景是否跟个人情况、本职工作相结合，随后跟踪考核。为了巩固个人愿景对员工的激励，专用车公司推出了“一句话愿景”活动。

当年，媒体曾报道过这个公司的刚刚24岁的干事张爽。在张爽的桌子上放着这样一个牌子，上面写道：“现在跟着别人干，半年试着自己干，一年我带别人干。”

“这是我的一句话愿景，这个牌子仿佛一面镜子，让我时刻检视自己的工作。”张爽说，“有压力才有动力啊！我更愿意把这种愿景看成个人价值的实现。”

愿景分解到个人，目的就是要让大家知道：在公司众多的重点工作中，自己能围绕企业目标做哪些事情。很多企业有很好的战略，却不能很好地实施，就在于它总是浮在口号里，而不能真正引导和指导员工的言行。而江汽的愿景分解工作，无疑真正让战略的实现切实分担到了每个员工的身上。左延安从这里头又看出门道来。

团队学习与个人修养的区别，在于它更强调个人与组织的进步相结合。左延安说，彼得·圣吉的理论中，有一个重要的观点，就是：让组织中的每个成员，都能活出生命的意义。学习型组织希望所有的员工都知道：“工作不仅仅是为了赚取生活费，还能实现自我的人生价值！”

无独有偶，安凯的融入，在一开始也不是顺理成章，甚至比专用车公司的融入更要艰难，主要原因是，安凯作为一家大型企业，在多年的运营过程中，已经形成了自己的“安凯文化”，有着安凯的个性和基因，改变不可能一蹴而就。除了上述所说的“愿景分解”，从思想上“解冻破冰”以外，温情的“感化”也起了很大的作用。

左延安是个细心的人。此时，安凯与集团里的其他企业相比，对左延安来说，手心手背都是肉，哪一个不好，他都心疼。有一件事情，左延安处理得非常谨慎，效果也最明显。

当初，安凯并入江汽之后，有一些员工心里很不是滋味，从一个辉煌一时的“名企”，到被别人“收编”，像“低人一等”、“寄人篱下”之类的情绪不少员工都有。左延安体谅到这一点。

江汽的工装是红色，安凯的工装是蓝色。在安凯并入江汽之后，按照企业文化统一的要求，安凯也应换为红色工装。左延安在这一件事上，表达了自己的看法，文化也有一个接受和适应的过程，强制只会拉大心理距离，世界上没有一种文化通过强制推行成功的，而通过濡染熏陶获得成功的却有范例。因此，他不同意让安凯员工马上换装，而是让他们继续穿蓝色工装，等到“适当的时候，做适当的事”也不迟。安凯的蓝色工装，一直穿到大家都愿意换的时候，才统一“红”了起来。

2002年，左延安被《汽车周刊》评为“2002年中国汽车十大风云人物”，入选的理由是因为“构建学习型组织”。事实上，在国内企业界，左延安的名字始终与学习型组织联系在一起，他创新性地将西方当代管理思想和理论与中国企业的管理环境有机结合，并成功地运用于企业经营管理实践，使地处内地安徽的一家默默无闻的地方企业，成长为一家全国知名的商用车公司。

在这一次的授奖辞中写道："自2001年7月兼任安凯集团公司董事长后，左延安创造性地提出一种新的组合方式：无形资产整合，并取得了实质性的成果。根据这一新的概念，先从人的思想模式、价值体系和文化素养入手，使江淮汽车公司先进、成功的思想模式、文化理念和管理方法逐渐被安凯认同，在此基础上再把价值体系统一起来，对产品结构、投资结构、财务结构进行调整。无形资产的整合不仅使人转变了观念，也使安凯集团内在的产品结构趋向合理……"

2003年10月18日，象征着江汽与安凯完成实质性重组的江汽、安凯运动会在安徽省体育馆举行。为了让安凯人感觉到自己也是江汽的一员，左延安让组委会把会场最好的位置让给安凯的员工，让安凯人大为感动。

学习需要引擎

"每投入1美元的培训费用，就会产生30美元的产值。"这是摩托罗拉公司一个简单的经济账。摩托罗拉每年的教育经费约在1.2亿美元以上，摩托罗拉大学总部设在美国伊利诺伊州，全球计有14个分校。

公司大学成了企业竞争力的"催化剂"。目前，美国已有

1600余家公司大学(财富500强中的40%办有公司大学)，西欧和拉美的公司也竞相效仿，如英国电信就在最近开始兴办公司大学。

在中国，企业对公司大学的热情也逐步显现。金蝶国际软件集团的“金蝶大学”、江苏春兰集团的“春兰大学”、四川新希望企业商学院、伊利集团商学院……国内知名企业的公司大学也如雨后春笋，不断涌现。

企业如此热衷于创办公司大学，其目的主要是，能解决企业长期发展的需要，公司大学将会联结两种不协调的、可能是对立的文化，并通过循序渐进的相互渗透与灌输，形成两个公司之间全新的共同文化。同时，公司大学能够满足企业对新技术提升的需求。

江汽近年来一直重视员工培训，致力于员工素质的提升：视员工培训为江汽大厦的基石，建立了一套较为完善的培训管理体系，创立独具特色的“40＋4”培训制度、中层干部的轮训制度、学科带头人的培养制度……几年来公司员工的素质正稳步提升，江汽的企业文化也以其特有的方式向外辐射，江汽品牌的知名度不断扩大，慕名前来学习江汽培训、感受江汽文化的人群络驿不绝。江汽的培训也带动了集团各子公司培训的发展，培训为公司的发展提供了不竭的动力。但是随着公司发展、培训的深入，现有的培训结构也表现出了很多的不适应性，如职前培训，招生人数有限，毕业生供不应求；各子公司的培训针对性、适应性、实效性不够；对供应商、客户及战略伙伴的培训服务，做得还很不够；对江汽文化管理经验的综合、提升、传播还需要加强，等等。

江汽的发展呼唤着江汽培训中心功能的提升，呼唤着JAC大学的成立。由培训中心升级为JAC大学，不仅可对内训作深度开发，在员工培训的绩效与灵活度方面实现提升，更是一个与外界联合、沟通平台的提升。企业大学可寻求更大范围的合作，这样结合组织的策略可有效提升江汽品牌的形象，创造核心价值，使江汽向着世界级企业迈进。

2002年12月27日，JAC大学成立。JAC大学的职能是，全力以赴地为集团公司的发展服务，坚持不懈地培育江汽的学习力，提升江汽的竞争力。JAC大学的职能就是要成为江汽发展的助力器。

与一般的教育机构不同，JAC大学是从企业的文化和战略出发，目标是把企业战略需求、个人职业发展和社会发展结合起来，培养创新型的人才。JAC大学的工作重点是不断提高全体员工的学习能力，把学到的知识和技能迅速应用于科学研究和技术革新，持续推动企业改革与发展。因此，JAC大学把C-MBA课程、缔造学习型组织、江汽经理人管理实务、企业文化等定为其核心课程，并作深度开发。

以开放的心态借鉴社会大学的教学精髓，针对企业的实际情况，不断研发实用有效的培训。JAC大学不仅有国家承认学历的提升员工基本素质的学历培训，更有针对每位员工自我成长设计的职业生涯培训，独具特色的经理人培训更是学校的核心课程。

良好的培训效果源于有效的培训方式。多元式沟通，充实以大量的课堂讨论、案例分析、模拟游戏、小组学习等多种培训方法的运用，不仅给学员带来了大量的资讯，更使学员在亲身演练和智慧共享中获得能力的提升。

JAC大学是江汽的学习引擎，他们把最新的培训理念和培训方法相结合，以思维鼓舞行动，用变革推进成长；把知识转化为行为，用理论提升实效。其培训方针是以新颖适用的培训内容、灵活多样的培训方式、严格规范的培训管理，持续提升员工的综合素质，满足员工的成长需求，让智慧和创意充满整个企业。

2004年7月，JAC大学一次性通过由境外权威机构主持的ISO10015国际培训体系认证。

【附】

学习的要义

［选自左延安在2004年培训年会上的讲话］

中国是个制造大国，品牌小国。在充分竞争的领域里，中国能够持续发展的企业实在不多。目前大家谈论的比较多的是“上市公司的变脸”，为什么去年业绩不错，今年就亏损了呢？其原因是缺乏持续发展的动力，最根本的原因是企业适应环境变化的能力不足，实际上就是缺乏学习力。

不断地分析所处的环境来感知变化，是培育学习力的重要途径。多年来我们的培训和教育基本做到了与时俱进，体现在领导团队注重通过学习来感知环境的变化。人是会适应环境和感知环境的，如一首歌中唱到“夏天戴草帽，冬天穿棉袄”，但企业是如何感知环境变化的呢？“温水煮青蛙”的故事没有人不知道，但是其中深刻的道理不是每一个人都清楚。如果企业不知道感知环境，死亡就会慢慢地来临。因此，企业对环境的感知是领导团队应该高度关注的问题。我们在学习的过程中就注意到了这一点，比如我们学习“十六大报告”，学习“十六届三中全会精神”。大家不要以为那是政治学习的范畴，我们搞学习型组织了，不需要“政治学习”，不是这个概念。今后改革朝什么方向走？经济政策、税收政策、宏观调控的手段？企业如何寻找商机？如果我们对国家大的走势不清楚，就不可能准确感知环境。从这个意义上说这种政治学习是必不可少的。

因此，我们要进一步拓展学习的思路，深入理解学习的要义。

学习是分享前人知识和智慧的重要途径。人类几千年积累下来文明史，如果希望都通过自己探索一切重新来过，这显然是不现实的，也是不符合辨证唯物主义和历史唯物主义的，因此，要向书本学习。通过书本，学习前人的智慧结晶、知识和经验。

学习是分享智者的知识和经验的过程。这个世界总有一部分智力超群的智者。比如韦尔奇是全球做企业的人顶礼膜拜的智者，全球做企业的人都要向他学习。如果我们不关注最前沿的知识和动向，就不可能做到“赶和超”，就不可能真正地认知知识经济环境下我们可以走哪些捷径，真正实现“站在巨人的肩膀上”的自我超越和超越竞争对手。

学习不仅要向书本学习，还要向实践学习。向人学习，向事学习，更重要的是向自己学习，要学会反思，要善于总结经验和教训。我们提出的不断“提高组织记忆力”，就是通过反思向组织的过去学习。如果能做到不断总结并标准化，就会减少重复犯错的可能性。PDCA循环实际上就是学习、实践、再学习、再实践的循环反复的螺旋提升的过程。

学习的第一阶段是收集大量的信息和资讯，第二阶段是通过思考去粗取精、去伪存真、由此及彼、由表及里，把资讯转变成知识，然后把知识再运用于实践转化为生产力的过程。因此，从收集资讯到思考到实践才是学习的全过程。由此可见，企业的发展，仅仅“读书”和“树标杆”是不行的，一定要落实到“执行”上，这是至关重要的。

我们更应该清楚地认识到学习是产生创意和创新的源泉。

最近我们在树标杆——“奇瑞”，为什么奇瑞能在这么短的时间开发具有自主知识产权的产品出来，而有些大集团经过这么多年的打拼仍然对自主产权产品的研发具有畏惧的心理呢？原因在于，奇瑞领会了很简单的道理，那就是学习。有人说，奇瑞在“盖第七层楼”。江汽很长时间以来都在“盖第七层楼”，这是对学习一个很形象的比喻。我们的卡车也是在“盖第七层楼”，说的就是“二次创新”的意思。学习的行为一旦从盲从变成主动之后，就会产生质的飞跃，所谓“处处留心皆学问”。大家可以看到，近年来，我们很多的制造技术取得了长足的进展，就是在学习基础上的二次创新。

多年来，江汽在管理方面从未停止过学习，如学习TQM、TPM及各种体系。所有体系贯标的过程都是学习的过程。学习的过程无时不在地体现在创新中，借鉴别人的东西结合自己的实践做到位就是创新。如GE公司的三大法宝：培训、数一数二的经营战略、6σ。江汽现在在每一个细分市场上做到数一数二也是借鉴这样一个思路。大家知道6σ是谁发明的吗？是摩托罗拉公司，但没有多少人知道，大家都知道GE公司的6σ。这说明了一个道理：把学到的东西在工作中运用到极致就是创新。不要认为只有自己摸索出来的才叫创新。把别人摸索很多年的东西拿过来，进行“二次创新”，马上产生效益并且成本最低，就是创新，我想学习的含义和动力也在于此。

在学习途径方面注重内源学习和外源学习的结合。

内源学习方面，教育和培训作为创建学习型组织的基础，要更强调内部沟通和交流。大家都知道个人学习和组织学习的区别，知道知识通过沟通分享之后会呈指数倍地增长的道理。沟通是把个人学习转变为组织学习的重要途径。我们在管理创新、技术创新的一系列的实践中提出的一些课题可以通过教育培训来解决，反过来，教育和培训获取的广袤的知识运用于生产管理活动、技术活动中，在学习和实践的结合上，近年来我们取得了很大的进展。

大家对集团内部很好的经验，要有高度的职业的敏感，主动分享集团内部各子公司经验，然后去实施，在做的过程中动态修正。

在外源学习方面，每个公司都树立了标杆，但是不能讲讲而已，要有定量和定性的指标体系，要对照标杆找出差距，以具体的措施来保证目标实现。“树标杆”不是说我什么都不行，而是扬我之长，补齐短板。因此，我们的学习要紧紧围绕我们的发展战略，围绕提升企业的整体竞争能力，这才是有效的学习。

把学习的领域、学习思路、学习的范围进一步拓宽，再加上我们非常扎实的教育培训体系和基本功，集团公司一定会一直保持很好的竞争态势，可以一直走在行业的前列。

12 适当的时候，做适当的事

过去不做发动机是对的，自己没有发动机，会比较灵活地按客户的需求配发动机，这是逼出来的优势。今天必须做发动机也是对的，这就是所谓的正确的时间、正确的地点做正确的事，也就是哲学上的否定之否定。

既不是狼，也不是狐狸

“一旦做了汽车工业就是走上了一条不归路，哪一天停止了投入，停止了培育新的增长点，将会前功尽弃。”左延安经常发出如此的感慨。

在看过当年畅销书《谁动了我的奶酪》后，左延安有自己的心得，他认为江汽像书中的小老鼠，而不像小矮人，小老鼠总能及时地去寻找新的奶酪。奶酪是什么？对江汽来说，就是新的增长点。

2002年，中国汽车工业开始发力。但是，从整体上看，中国汽车工业仍然是一个国际竞争力较弱的产业。在加入WTO后，面对更加开放的市场环境，中国汽车工业逐步从制造、研究开发、销售服务、汽车信贷等方面全面融入世界汽车工业体系。通过使自身全面融入世界汽车工业体系，中国汽车工业将获得更加迅速的发展，并且逐步成为世界汽车工业的主要基地之一。就长远来看，中国汽车工业也必将获得自主开发的能力，并且逐步提高其在世界汽车工业体系中的地位。

毫无疑问，2002年“入世”对中国汽车业界心理上的影响也是巨大的。国门一开，一排排巨人站在面前，那份惊恐都会有的。关键是如何应对？

入世前三年，关税的迅速降低将对国内汽车行业产生很大的冲击，从入世这一天开始到2006年7月1日称为过渡期，过渡期后期取消进口配额和许可证等非关税的措施，带来的冲击将接踵而至。过渡期结束，限制就没有了，竞争将是全方位的。面对入世的挑战，中国汽车的生存问题引起了社会各界的关注。一位汽车业界的专家曾深有感慨地说：我谈了6年的WTO，越谈越感觉中国离市场经济越远。入世对农业的冲击是非常大的，可恰恰大家没有更多地关注农业而是更多地关注汽车，于是出现了种种论调。其中之一就是“加工中心论”，这是乐观派；第二种论调是“放弃论”，导致企业员工对企业发展前景出现不同程度的担心。

这种担心，也正是左延安们所担心的！

多年来，左延安一直坚守着独立思考的风格，面对入世的机遇和挑战，从不人云亦云，也不跟风经营，所以培育出江汽独特的企业文化。有人提出“要与狼共舞就得先把自己变成狼”，也有人说“要先把自己变成狐狸”，无论是狼还是狐狸，都是要以积极的心态迎接“入世”后跨国公司进入中国市场的挑战。“物竞天择，适者生存”，要适应环境，找到属于自己的市场层面融入市场的生态系统，参与友好竞争，形成双赢多赢。正因为如此，左延安提出：江汽应做“适者”，既不是狼也不是狐狸。善用“合作高于竞争”的理念，来确定企业参与全球一体化的竞争策略。

军人出身的左延安，比较接受“站在巨人的肩膀上”或“与巨人同行”这样积极向上、饱含斗志的语言。对这种比喻，他有自己的理解：

“站在巨人的肩膀上”就是充分将国际成熟的前沿技术、管理经验、资金等为我所用，当然技术上我们强调增益性创新。增益性创新非常重要，我们每位员工都应立足于岗位做创新，不要认为发明创造才是创新，我们每个人都有创新的空间。管理上也要学习国际优秀汽车企业的经验，结合我们的实际情况进行二次创新。

“与巨人同行”就是以平等的心态应对，最重要的是提高开放度，提高参与度，特别是要寻求直接合资合作的机会。在左延安看来，与巨人同行还有一个非常重要的概念——寻找、发现、整合、运用全球资源，利用工业化、信息化、网络化、大协同并存的历史机遇，做“巨人”正在做的事！

180度大转弯

关于发动机，左延安费了不少脑筋。

前文说过，1991年，为了上客车专用底盘，是左延安大手一拍，把原来的发动机生产线给“砍”了。但是，十年之后的2002年，又是左延安大手一挥：上发动机！

有人大惑不解，有人满腹猜疑，有人坐等观望。如果说当初砍掉发动机，“博弈”客车底盘这一局是为了渡过难关，那么现在日子过得好好的，为什么要上发动机？难道是好日子过腻了，非得折腾折腾？

这种疑问完全在左延安的意料之中，类似的“遭遇”对他来说已不是第一次。在他的印象中，每上一个新品种，都会遭遇质疑，都能听到杂音，这似乎成了一种规律。从1991年的上客车专用底盘，到1994年轻卡换型，再到2001年的商务车上马，哪一次不是如此？！但是，对这种质疑，左延安并不排斥，因为质疑可以提醒他更加缜密地思考，完善他的战略布局。

同样的情况，又一次“重演”，只是认真的分析解释还是必要的。左延安经常说：“适当的时候，做适当的事”。此番上发动机项目，当然也是同样的道理。

在知识经济、信息时代和互联网的环境下，人们的思维、行动的模式会有许多质的区别。江汽经过几年的思考，提出“较全的门类，有限的品种”这样一个定位。比如，卡车有几个叫得响的品种，不是无限地增加品种，已形成非常大的比较优势，可以不断积累的优势，找这样的市场层面、空间。根据汽车工业的发展规律，参考世界大型汽车企业巨头的发展，可以发现，适度规模的综合型汽车企业，应该是：较全的门类，有限的品种，技术领先，与时俱进。此时的江汽，还有了另一个条件，那就是安凯的加盟，使江汽已拥有了两个有影响力的品牌。

那么，是不是这样就能解决江汽未来的发展问题呢？不一定，必须有持久的核心竞争力！

左延安的分析非常透彻。持久的竞争力，首先是学习力，包括整合全球资源的能力，你没有学习力，就做不到整合全球资源。然后是快速行动能力，对市场快速反应能力。江汽的比较优势是什么？就是快。底盘别人也干了，江汽又比别人高了一个等级。为什么德国奔驰、宝马有那么强的竞争力，卖得那么贵，卖得还那么好？技术领先战略实际上就是将领先的技术转化为商品，以最快的速度投放市场，体现在实际竞争过程就是一个“快”字。所以，企业的核心竞争力就是学习力和快速反应能力。两个方面不断地积累，最终形成核心竞争力。你靠规模行吗？靠人才总量行吗？靠政策资源行吗？国外的公司就不说了，一汽、东风等大集团你都比不上！

与大的汽车集团相比，江汽的规模和效益都有不少的差距。差在哪里？除却管理因素，首先是产品结构。左延安总结了两句话："缺重（卡）少轿（车），没有发动机。"

虽然江汽这些年来经营成绩不错，年年高速成长，但是与有发动机的企业相比，落差依然很大。以2003年为例，二汽700亿的销售收入，60个亿的利润，江汽52亿的销售收入，2.47亿的利润。如此一对比，就不难发现，这几年人家发大财，就是靠发动机、轿车和重卡，而江汽做底盘、轻卡，赚点钱很不容易，做得很辛苦。二汽靠什么赚大钱？康明斯发动机。B系列、C系列发动机。同在安徽的奇瑞当年也赚了几个亿，也是因为有发动机。缺重，少轿，没有发动机，就是很大差距！

当时有人问：发动机、重卡一起搞，能行吗？

这种担心，最早的时候左延安也有，但是通过调研，他打消了这个顾虑。

现代公路物流的发展，催生了车辆的大型化的趋势。新型重型卡车每吨货物的油耗跟轻中型车相比不是一个概念，而且车速差距也很大，欧洲重型车的车速为110km/h、120km/h。另外，加工业的竞争越来越注重成本的竞争，而物流又是降低成本的重要方面，所以今后物流业注重大吨位重型车是历史发展的必然趋势。

当时，一汽和奔驰的谈判没有进展；东风和雷诺谈了很长时间，还没有什么结果；重汽和沃尔沃谈，进展缓慢。而且国外的一些重型汽车厂商也在伺机而动，看国家的产业政策还有什么变化没有，还在寻找最佳的合作时机、合作伙伴、合作模式。这些都是影响大集团在重型车领域引进技术合资合作的一个很重要因素。所以，当时国内真正意义上的重卡即300匹马力以上的水平很高、技术很先进的重型卡车，实际上处在启动阶段。

实事求是地说，左延安手里还有牌可打，他可以把江汽、安凯合起来做。这可能是其他汽车企业不具备的条件。首先，这样一来，解决了公告和资质问题。安凯的前身是淝河汽车制造厂，有做重型车的资质和条件。安凯重型桥的桥壳生产水平和能力在国内是领先的，“七五”期间利用政府贷款引进奥地利斯太尔桥壳技术，可以做十三吨级的桥，客货车都能用。再就是车架，江汽做车架应该说是具备非常好的基础，当然现在重型车的车架技术含量很高，但是，硬件条件应该说是具备的。就车身而言，重型车驾驶室的精度并不比轻型车高，江汽能把轻型车驾驶室做好，重型车应当没问题。重型车底盘的技术含量是很高的，可以采取国际化采购。营销服务网络方面，江汽卡车的营销服务网络是比较健全的，流程虽有一定差异，但基础是有了。同时，引进韩国现代公司的技术，起步车型的马力就超过300匹，还有440匹，技术含量是比较高的，产品的水平比当时国内主流车型要高。

当然，也有人发问，既然是这么好的趋势，又早就看好，为什么到了现在增长了113%才想起来搞，前几年干什么去了！现在还来得及吗？

还是那句话，“适当的时候，做适当的事”。这也是规避风险的一种方法。江汽是依靠自身不断积累，滚动发展起来的，国家不拿一分钱。当初砍掉发动机是对的，现在在高水平上实现回归也是对的。江汽引进技术上了瑞风商务车，投入了四大工艺，如果没有发动机，充其量只不过是个壳子工厂！这个风险非常大！

事实上，以江汽当时构筑的卡车产品的整体竞争优势，假如有了发动机，受到的制约因素就会少得多。世界上所有真正的汽车厂，可能都是由车身和发动机构成的。江汽是一家上市公司，有这个融资管道不能不用，钱拿来做什么呢？做最有用的事，要为股民创造更大的价值。所以，上发动机，用融资管道募集的资金来上发动机！

左延安的思考布局可谓缜密，所以他对此番“适当的时候，做适当的事”充满信心，同时他也给大家以信心。

“有人会问，你过去老是说发动机不能做，现在说发动机要做，怎么来了180度大转弯？过去不做是对的，今天做也是对的。过去，自己没有发动机，会比较灵活地按客户需求配发动机，这是逼出来的优势。此时必须上发动机，这就是所谓的正确的时间、正确的地点做正确的事，也就是哲学上的否定之否定！”

左延安说，做汽车会上瘾的，走上这条道，你想减速、退下来不可能。你没有思想准备、精神准备，你就不要做汽车！

推倒多米诺骨牌

2003年，中国汽车业界人才辈出、新闻不断，刚刚过去的“非典”让汽车这个市场宠儿稍稍安静一会儿之后，迅速热闹起来。尽管一些汽车业的“大老板”保持低调，但是他们用实际行动改变着中国汽车业的格局。左延安就是其中的一个，他以令人信服的业绩入选“2003年中国汽车十大新闻人物”。有意思的是，此次评选特别强调，评选所坚持的是：“新闻人物一定要有新闻，而且是大新闻。”

关于左延安，在评选授奖辞中，这样写道：

2003年，安徽江淮汽车集团汽车产销双双突破10万辆大关，成为广受业界内外关注的商用车基地。一贯低调、不事声张的江淮汽车集团董事长左延安也因此备受瞩目。

十几年前，江淮汽车还是一个亏损的地方小企业。左延安上任后，企业销售收入连续14年平均每年递增50%；从一家单一的客车底盘企业，发展成为年产10万辆的大规模商用车基地。

4月，上海国际汽车展期间，江汽推出与现代汽车合作开发的重型卡车——格尔发。

7月1日，江汽瑞风MPV降价，最高近6万元。此举不仅推倒了高高在上的MPV价格多米诺骨牌，也迅速提高了企业自身在国内MPV市场的影响力。江汽瑞风全年产销1.5万辆，确立在MPV行业与广州本田、上海通用三足鼎立的地位。

年末，江淮汽车成功收购安凯客车28%的股权，正式入主安凯汽车股份有限公司。

相信身兼江淮汽车集团、安凯客车两家公司董事长的左延安还有更大的抱负、更远的目标。

左延安素来低调，这是圈里圈外众所周知的。但是，如果说作为新闻人物的左延安，也绝非就上述授奖辞中所列举的。远的不说，就是说在2003年度，与左延安有关的新闻就有很多看点。

事实上，2003年，关于江汽的新闻确实不少，因此，作为江汽的掌门人，左延安成为新闻人物也是自然而然的事。从新闻的轰动性以及对国内汽车业的影响力来看，关于左延安的新闻的亮点，还是“瑞风”在一年内的两次大幅降价。当时的媒体称之为，左延安的一双巨手推倒了“高高在上的MPV价格多米诺骨牌”。

2002年3月18日，江汽和现代汽车的合作车型瑞风商务车下线。江汽不仅造MPV是第一次，销售MPV更是第一次。MPV的销售方式与以前的客车底盘销售、卡车销售完全不同，其消费特征介于轿车和客车之间，没有现成的经验。好在，及时发挥学习型组织的优势，“在战争中学习战争”，从实践中摸索经验，当年销售4554辆，这在当年的MPV市场引起不小的震动。

不错的销售业绩，让江汽人非常兴奋，但是同时他们也发现，如果将产品仅仅定位在轿车与轻型客车之间，市场永远不会扩大，永远不会获得良好回报。正在思考如何进一步发展的时候，2003年春天，“非典”突然降临，市场一下子冷了。

人算不如天算，一场“非典”把江汽人都堵在市场以外。但是，江汽没有坐等，而是抓住市场销售下降的时机，积极解决生产中的问题，这也正符合左延安说的“适当的时候做适当的事”。从提高产能到提高国产化水平，3个月，江汽瑞风系列MPV的国产化率大幅度提高，国产化零部件质量水平明显提高，一大批国产化零部件质量达到或超过进口件的水平，建成了全国最大的MPV专业生产基地，整车的奥迪特评分接近和达到原装车的水平，以4S店为主体的瑞风营销体系全面建成。至此，瑞风已经拥有了强势品牌所应当具备的硬件要素，只是何时将这种优势变成市场优势的问题了。

“非典”刚过，江汽主动出击，将瑞风的价格全线下调，最大的降价额达到6万元，使瑞风的总体价格水平与轻型客车中、高端产品的价格全面接轨。从表面看，这不过是一次价格调整，实质上是江汽从以前的适应市场转变为通过引导消费转型来开拓市场。与轻型客车相比，调整价格后的瑞风，有明显高的性能价格比，有明显超前的工艺水平，有很好的质量水平，有符合欧美等发达国家审美的外观造型。很快，一大批轻型客车中、高端产品的客户将青睐的目光投向了瑞风，政府采购大单更是迅速增长，在产能成倍增长的情况下，再次出现供不应求的局面。江汽主动的市场行为，拉动了MPV取代12座以下轻型客车的序幕，一个企业行为已经转变为行业行为、市场行为。业内专家惊呼："要关注MPV与轻型客车之间的竞争，要防止轻型客车'边缘化'问题。"

就是在这种国外品牌的重压之下，在国内市场混乱的价格战之中，江汽为中国又培育出了一个响亮的民族品牌——瑞风。2003年10月，瑞风的单月销量首次达到全国MPV销量第一。

向对手学习

2003年9月30日，左延安在集团中高层干部大会上作了一个关于"向对手学习"的讲话！

此次讲话对江汽全体员工的震动很大，引起了一波又一波的讨论。这就是在江汽影响深远的著名的"930讲话"。

这次讲话，与业已启动的轿车项目有没有直接联系，不敢妄说，但是从讲话所涉及的内容以及左延安表达的思想，却能看出，他于有意无意间，在为未来发展轿车作着准备。

近年来，江汽集团在行业内影响越来越大，但自身发展过程中沉淀的问题也渐渐呈现，通过学习树立新的标杆，通过分析找准集团面临的威胁和机遇、劣势和优势，从而不断增强企业发展的紧迫感和信心，并持续激发员工的创业激情。

"930讲话"拉开了江汽学习"福田"、"奇瑞"、"徐工"活动的序幕。从企业的角度来看，"福田"、"奇瑞"都能算得上江汽的对手。左延安要求各子公司要认真剖析和学习三家公司的案例，对照标杆、寻找差距、明确目标、层层分解、制定举措，并在内部做深层次的沟通。

左延安对这三家公司赞赏有加，认为这三家公司成功的个性和共性完全可以为我所学：

1. 领导团队强烈的发展冲动。这些企业的领导团队事业心极强，永不满足已取得的成绩，这也是我们国家现阶段的企业最需要的素质。2. 标杆企业对环境的认知和对市场经济规律的把握非常精准，而这需要高度的职业敏感和对信息持续深入的研究。3. 这些企业整合、运用资源的能力很强。4. 规范的战略研究与管理。5. 组织执行效率高，适应市场的速度快。6. 这些企业引进外部人才的力度大、机制很好。7. 不断创新的资本运营模式。8. 独具特色的营销模式。

左延安在广大员工面前对人家大加赞赏，不是“长别人士气，灭自己的威风”，而是让大家看到标杆的存在。有了标杆，就能找出差距，才能谋求发展。

多年的经验，使江汽形成了比较清晰的经营理念和粗具形态的文化体系。比如“系统思考，团队学习”、“协调平衡，追求卓越”、“维护共同获益的经营联盟”等，具有一定的局部比较优势。

通过三个案例的学习更新观念，强化发展意识，要始终坚持发展是第一要务的思想。通过对内外部环境的分析，把握发展规律，确定集团公司的战略目标：

1. 建设一流的商用车基地；进入乘用车领域，直至发展成为有适度规模和竞争能力的综合性汽车企业；客车事业一定要做好，进入行业的第一方阵。

2. 建设好四大板块和两个事业。四大板块是：江汽板块（卡车+乘用车+发动机）、客车板块、工程机械板块、零部件板块。两大事业是：汽车物流、第三产业。

在这里，左延安第一次在公开的场合，从战略的角度提出：进入乘用车领域。

几年之后，回头再看，也许这一点才是左延安“930”讲话的真正动因。

13 为中国汽车工业呐喊

中国应该成为汽车强国，而不仅仅是生产加工和汽车消费的大国。不要对外资支持自主品牌建设抱有太大的希望。汽车工业的自主研发和自主品牌是关系到我国经济的长远发展的重要问题，是要靠政府和企业的共同努力才能实现的目标。

“自主”品牌需要什么

在汽车行业打拼30多年，左延安对“自主品牌”问题有着自己的思考。当时，对大多数国人来说，“自主品牌”还是一个陌生的词汇，但是，对业内来说，却已成为茶余饭后的高频词。

自主品牌和自主研发能否在中国获得成功关系到中国汽车工业的可持续发展，这是每一个中国汽车人都应有的责任感和使命感。国外汽车大国发展的经验证明，提高研发能力、培育自主品牌是一个国家发展汽车工业的根本。当初，巴西的汽车工业的发展也很迅猛，但是因为没有自主研发能力和自主品牌，到目前为止巴西仍不过是一个大加工厂和销售市场而已。“巴西模式”的教训是深刻的，也是中国汽车工业应该吸取的。

2004年，在北京参加全国人大代表会议时，一向低调的左延安，面对媒体，表达了自己的观点。

中国应该成为汽车强国，而不仅仅是生产加工和消费汽车的大国。企业要想树立自己的品牌，首先就要有强大的自主开发能力。提升自主开发能力有助于逐步掌握汽车发展的核心技术，跟上知识经济发展的脉搏。通过自主研发能力的提升，我国的汽车工业将逐步摆脱对国外跨国公司长期以来的依赖，从而形成自己的汽车产业创新体系，逐渐树立起自己的民族品牌，从根本上提升我国汽车企业的竞争力。国内的一部分汽车厂家已经具备了一定的自主开发能力，一些自主品牌逐步在市场上取得了用户的好评。但是，在目前的环境下，仅凭企业自身的努力，要想在短期内提升企业的自主研发能力，创建强势的民族汽车品牌是不可能的，因此，政府应在WTO框架下，为积极搞自主研发和培育自主品牌的企业提供一定的政策支持。

一是制定相关的政策，在投资环节上给予一定的支持。

在税收政策方面，对自主研发的项目，可按企业自主研发的实际从该企业上缴的利税中返还一定的额度给企业。一些大的项目的研发，可以通过政府和企业共同投资的方式进行，国家主要注重与汽车相关基础技术研究和共用技术平台建设，而企业侧重于应用技术研究和汽车产品以及工艺工程的开发。

在研发的资金筹措方面提供便利，在直接融资和间接融资两方面提供政策支持。

二是对有研发能力的企业放宽汽车产品的准入政策，对具备进入乘用车（轿车）领域发展实力又愿意进行自主研发的企业，国家在设置合理准入标准的情况下，鼓励这些企业进入。

三是在消费环节上适当地加以引导。如消费者协会、交通部、汽车行业协会等有关部门可以联合起来，成立一个自主研发产品和自主品牌的评选活动，类似于原创奖之类的形式，每年举办一次，对民族品牌的产品进行支持，增强企业的研发动力，同时也消除消费者的顾虑；发动民间组织推进国民消费自主品牌的产品；出台支持消费自主品牌产品的汽车金融政策。

四是在使用环节上，加大对自主品牌的支持力度。在车辆的购置税方面，要体现国产品牌与国外品牌的区别，对国产品牌有一定的优惠；在使用过程中的各项费用对国产品牌也要给予一定的优惠；加大政府采购自主品牌的力度，国家可以用相应的政策对政府用车做出相应的规定。

此外，国家还可专项资助高校、研究机构，参与和汽车有关的基础学科研究。在人才的培养上，由国家出面建立专项奖学金制度，在坚持内部培养的基础上，大力引进海外人才参与到国内汽车业的研发上；加大对核心零部件的研发力度，可将有重大影响的零部件研发列入国家重点科技发展计划；加强国家对外国品牌的强制性认证，规定任何进入中国的产品，必须通过中国的强制性认证。

“汽车工业的自主研发和自主品牌是关系到我国经济的长远发展的重要问题，是要靠政府和企业的共同努力才能实现的目标。”左延安说，“在当前的环境下，只有政府有关部门与企业密切配合，利用行业协会的优势，在WTO的框架下，不断地出台相关的政策，激励企业搞自主研发和建设自主品牌。”

此时，政府、行业内外的有识之士，对发展自主品牌的意识逐渐清晰。2005年，国家相关部门频频发出强烈信号，国内企业必须抛弃外资支持自主品牌建设的幻想。

左延安对此颇为敏感。在他看来，韩国20年来的自主品牌建设成功，取决于三大要素，而目前我国的这三个条件都不完全具备。一是企业自身的努力，这是前提条件；二是政府的强力支持；三是整个社会对自主品牌的认同，这在自主品牌发展的初期几乎是决定性的条件。在韩国，韩国民众的支持非常重要，满大街都是韩国车。目前，中国自主品牌的轿车质量水平完全能满足使用要求，中国自主汽车品牌成长路径如果设置得当，所需的时间应该比韩国要短。

左延安一直固执地认为，不要对外资支持自主品牌建设抱有太大的希望，唯有靠自身的努力才是正确的选择。事实上，江汽正是走着这样一条艰辛的路，积极引进、吸收国外先进技术再创新，大力发展自主品牌。

这条路委实难走！

做轿车难，不做轿车会更难

在中国，每个成功的商用车企业，几乎都怀着乘用车的梦想，江汽自然也不能例外。即使仅靠商用车，江汽已经步入中国汽车企业的前10名，做轿车永远是江汽魂牵梦萦的愿景，是难以割舍的情结。在江汽的轿车还未获得国家发改委的批准之前，江汽的方针是坚持以商用车为基础，巩固发展商用车在细分市场的领先优势，成功拓展乘用车。

2004年9月26日，江汽悄然启动了轿车项目，而这一天，将会成为江汽的首款轿车C926的得名的源头。这是后话。

左延安说："做轿车难，不做轿车会更难。"可见左延安对做不做轿车已经有了足够的认识和决心。事实上，在左延安的个人经历中，有几件事，也让他认识到做轿车是必然的，只是迟早的事。

第一件事是日本五十铃和日野公司的教训。日野作为一家商用车公司，50年未出现亏损，1992年左延安去日本五十铃和日野公司考察时，发现他们的自我感觉好得不得了。1997年，亚洲金融危机席卷东南亚，日本商用车企业无一幸免。通用成为五十铃的大股东，日野则被丰田收购，"日本商用车的教训让江汽警醒"。

第二件事是有一年，左延安等安徽企业界的人士参加安徽省省长率领的代表团到西班牙、葡萄牙等国考察。当地汽车经销商听说安徽考察团来了一位汽车制造企业代表，十几个人围了过来，问他生产什么轿车？虽然左延安着重强调了江淮汽车的商用车已出口到许多国家和地区，但当他说明江汽只生产商用车时，他们都失望地离开了。

当左延安一行在希腊考察时，一位旗下代理众多汽车品牌的经销商更是直截了当问左延安："你做了那么多商用车，为什么不做轿车？"

"这件事对我的刺激非常大。"左延安说。这不是一个简单的感觉，而是反映了汽车界的一种规律和趋势——只做商用车不做轿车，你的品牌影响力在国际市场上就会大打折扣。因此，他多次在企业内部会议上申明："上马轿车，事关江汽的生存大计。"

正是这种危机感让江淮汽车再次选择了逆周期而动，决定杀入当时已成"红海"的乘用车市场。在左延安看来，中国的轿车市场也远未达到顶点，"江汽之所以艰难挤进轿车行列，就是认为中国轿车市场太大太大。第一，地级市或县级市以下的市场潜力巨大；第二，大城市里的私家车持续更新是绵延不绝的市场。"

江汽启动乘用车项目，并向发改委提出申请，等待批准。然而，这一等就是两年。

左延安不是甘于被动等待的人。2005年3月16日，江汽乘用车工业园奠基开工，总占地面积3500亩，一期设计年生产能力

15万辆，二期设计年生产能力30万辆，并且在当时就决定要以中高档轿车进入市场。

在没有向发改委申请轿车生产许可证之前，江汽已经分别于2005年、2006年在意大利都灵和日本东京注册成立了两家全资的研发机构。

与此同时，江汽成立了四院三部的技术中心格局。四院指的是乘用车研究院、商用车研究院、动力总成研究院、工艺工程院，由此，江汽的研发体系粗具规模。

在此期间，引进现代汽车的瑞风商务车吸收、消化、地产化等工作积极推进，并取得巨大成功。这不仅让江汽看到了乘用车市场的前景，也在与现代汽车的合作中不断积累做乘用车的经验，认识乘用车的产品特性和市场特征，积极寻求整合做乘用车所需的各种资源。

认定了目标，理清了思路，江汽开始在轿车项目上加大投入力度，一期轿车项目20亿元的投入落在了合肥桃花工业园。期间瑞鹰SRV出世，这也被视为江淮汽车在项目获批前的试水之举。

在2005年的上海车展，当时江汽展出了一款名为“愿景”的红色概念轿车，这似乎充分表达了江汽对轿车的渴望。

2006年年初，江汽进行了公司内部结构变革，根据“生产相对集中，重在资源共享，销售相对分散，重在发现资源”的原则，成立了6大事业部，乘用车生产事业部和乘用车营销事业部负责江汽轿车的生产和销售工作。乘用车的研发和技术改进工作由技术中心的乘用车研究院担纲。同时，日本的三位汽车技术专家分别进驻负责江汽轿车的品质控制及研发工作。一位韩国现代公司的原副社长也加盟江汽公司，专司顾问和咨询工作。

生产、营销、研发都已启动，江汽轿车只欠“审批”的东风。

“四十”而冲动

从年龄上讲，2004年左延安成为集团领导层中真正的“老大”。这一年，也是江汽成立40周年。

江汽40周年大庆，是经过周密策划的。5月20日晚，人头攒动，欢呼不息，央视名嘴白岩松、周涛联袂主持的大型庆祝晚会把庆祝活动推向一次次高潮。但是，最让江汽人受鼓舞的，还是董事长左延安的致辞。

这一时刻，左延安也抑制不住内心的兴奋。他在致辞中为迈过40岁门槛后的江汽制定了新目标。左延安当时的构想是，用5年的时间，使公司的销量由10万辆跃升至36—45万辆，平均算下来，每年都要增加至少5万辆以上的销量。在目前国内商用车市场已经相对成熟、不会出现放量增长的局面下，江汽仅凭现在的商用车业务，显然难以实现这一业绩预期，必须寻找新的增长点：轿车。

“小不是美，大不是美，演绎从小到大的精彩过程才是真正的美。”左延安说。

不久之后，2004年6月1日，新《汽车产业政策》出台，6月10日北京汽车展开幕。此前的6月8日下午，左延安在北京国际会议中心面对全国媒体，开始宣传合肥市的区域优势：“合肥承东启西，连接南北，临江通海，气候宜人！在国内汽车业充分同质化竞争后，最终的竞争力在物流成本，在这一点上，合肥有明显的比较优势。同时，安徽省还有着丰富的能源原材料资源，对发展汽车制造业来说，是块宝地啊！”

早在2002年，以汽车为主体的汽车工程机械行业，已经超过了家电行业成为合肥市的第一大支柱产业。2003年，合肥汽车整车产量为15.43万辆，占到全省汽车产量近六成。到2010年，江汽集团公司的销售收入已列全市前茅，继续引领着合肥市工业的增长。

安徽省的整车产量，目前仅次于上海、长春、北京、重庆等国内汽车业的一线城市，在全国汽车产业格局中拥有着重要的地位。但是，随着国内城市间汽车产业竞争渐趋白热化，多个城市都明确提出了建设汽车城的目标。发力最猛的当数广州，随着本田、日产、丰田合资公司相继落户广州，广州明确提出了汽车城的概念。而武汉的上升势头也很猛，东风汽车的总部已迁至武汉，凭借着新投放市场的车型，东风神龙汽车也将在最短的时间内提升产量。再加上老牌的汽车制造基地上海、长春、享有独特政策资源的北京，国内“汽车城”建设热潮方兴未艾。

在这种竞争格局下，汽车业并不落后的合肥，如果找不到新的增长力量来带动，无疑将在国内汽车业布局的新一轮调整中败下阵来。如果江汽能在尽量短的时间内达到40—50万台销量，合肥市则可以在这一轮的洗牌中站稳脚跟，留在“汽车城”的竞争行列中。

“汽车城”的梦想之所以激发起国内多座城市的激情，原因就在于汽车业超强的产业带动作用。以底特律为例，该市有91%的人以汽车为生。而日本的汽车城丰田市28万人口中，丰田汽车公司及其子公司的人员、家属占62%。丰田公司有10座汽车厂，生产几十个系列的汽车。此外，它还有1240家协作厂。汽车业所具有的这种聚合整座城市的强大魔力，对于正处于产业升级阶段的国内各城市来说，自然具有着特别的吸引力。

当时，合肥市政府研究室在一份报告中指出，合肥的当务之急在于发展零部件工业，让那些长期为整车进行配套的企业落户合肥本地，与整车厂形成协作体系，建设合肥的汽车工业园。这份报告提出的思路，已经得到了合肥市决策层的认可。

不过，左延安认为，从世界汽车业的布局来看，汽车制造基地所在地都不是这个国家的中心城市。美国的底特律前身只不过是一个毛皮与木材交易集散地；而在日本，因为有丰田汽车公司才设立了丰田市。正如左延安所说，从交通、区位、能源供应以及综合成本等各方面来考量，合肥市均具有一定的比较优势，因此，建设汽车城绝不是一厢情愿的空想。

在2004年的北京车展上，左延安面对全国媒体明确表示，江汽已经具备了生产轿车的能力。就技术准备来说，瑞风商务车的制造工艺与轿车并无两样，瑞风的制造水平甚至已经超过国内某些轿车企业。根据新的《汽车产业政策》规定，跨类别生产其他类汽车产品的投资项目，项目投资总额不得低于15亿元。对于这一资金门槛，左延安表示，江汽作为绩优股上市公司，具备继续在股市募集资金的能力，加上积累的自有资金，完全可以满足而且超过制造轿车的投资要求。其时，江淮汽车已具备了新的《汽车产业政策》中跨类生产轿车的全部条件，并已经为制造轿车储备了充分的人力资源。

“对于我们这样的企业，不让做轿车，于理难容！”

这句话，透露出左延安罕见的激动，更暴露出他做轿车的强烈冲动。

14 关注自己，也关注行业

做汽车犹如踏上了一条不归路，我每天都如履薄冰似地经营着企业，回想这些年走过的路，始终都有更高的愿景在激励着我，不容我有丝毫的懈怠！

轿车梦

2004年，对江汽来说非同寻常。这一年，江汽成功跨入了销售收入过百亿的企业行列，连续14年以50%以上的复合增长率增长，更为罕见，一时形成轰动中国车界的“江汽现象”。

毫无疑问，2004年江汽是成功的：实现了销售收入107.8亿元，生产各类汽车13.16万辆，销售13.08万辆，汽车行业产销量排名从2003年的第11位升至2004年的第8位。这是当年汽车业中唯一没有轿车产品而能跻身前十名的汽车企业。“江淮汽车”不再是人们眼中的边缘者，已成为被人们认可的主流汽车企业。这是江汽创造的又一个新高度。

然而，和人一样，企业往往在最顺的时候出问题，创造一个新高度，等于创造了一个新障碍。左延安总是在大家热血沸腾的时候给大家来一盆冷水。还是那些老话，“不能骄傲自满，满招损，谦受益，骄兵必败”。

突破100亿大关，对于一个完全靠自主研发不断创新发展起来的地方国有汽车企业，应该是一个不错的成绩。但是，左延安不能停下来：“做汽车犹如踏上了一条不归路，我每天都如履薄冰似地经营着企业，回想这些年走过的路，始终都有更高的愿景在激励着我，不容我有丝毫的懈怠！”

这种表达，有身处逆境时的悲壮，也有身处顺境时的豪迈。

江汽创造了15年的成长奇迹，把企业推向公众聚光灯下，在这一连串辉煌的背后，江汽的真实情况是：地处中部地区安徽，从没有享受过国家政策及资金扶持，也没有任何产业合资背景，这就注定了江汽的成长要比别的企业艰难得多，也会经历更多的成长的阵痛。

左延安还要坚持，因为有一个梦在向他召唤——那就是做轿车！“轿车梦”一直吸引左延安，也吸引着江汽。

2005年初，江汽为轿车专门建设的生产基地悄悄开工。低调的开端，却有着几十万辆的宏大规划。此时，由于国家发改委的批文尚未拿到，关于车型和上市时间等具体细节也很难一时敲定。这是江汽向很多企业学来的无奈之举，此举曾被业界戏称为“未婚先孕”。

在中国的汽车版图中，左延安领导下的江汽素以稳健经营著称，2004年的市场上的骄人表现，使江汽在汽车业中的地位迅速提升。但是江汽在没有获得国家发改委的审批前，对此事还是相当谨慎。为此，一些嗅觉灵敏的媒体记者前来轿车基地“探班”，也被审慎地婉拒。

不久，在上海国际车展上，江汽将携瑞风商务车和一款概念轿车共同参展，向世人展示其自主制造轿车的实力。而作为轿车市场的迟到者，江汽没有合资伙伴，这就意味着江汽将和奇瑞一样，整合国外技术和资源走上独立发展道路。事实上，江汽早已做了准备，在意大利投资筹建了江汽意大利设计中心，并以研发源源不断的轿车新产品作为意大利设计中心的使命。

当年的“两会”期间，左延安接受一家媒体的采访时，有意回避“轿车”这个话题。但是，在谈话中，左延安一直围绕着江汽的“学习和创新”铺陈开来，侃侃而谈，依然让人感受到这个中国车界“另类”对企业发展未来的自信和从容，当然，包括轿车项目。

事实上，在不久的将来，左延安的“轿车梦”将对中国汽车产业格局产生不容忽视的影响。

创新之思

从对江汽的战略转型定位，到为中国汽车的自主创新和自主品牌鼓与呼，左延安一直用一位中国企业家的睿智眼光打量着世界，关注着他热爱的汽车行业。

2006年4月29日，由中国汽车报社、人民日报经济部、人民网主办的第四届中国汽车创新论坛在北京举行，本次论坛主题是“十一五”规划与企业创新战略。

作为业界的“老兵”，左延安应邀出席此次论坛。中国汽车报社社长李庆文在介绍左延安时说：“中国汽车界有一位很受人尊重的企业家，这个企业本来很小，但经过15年连续50%持续的高速增长，目前实际上已经步入中国汽车业界大企业的行列，而且这个企业步伐十分稳健，经营业绩非常好，企业文化也比较成熟，在创新方面也卓有成效，这个企业就是江汽集团，这位企业家就是江汽集团左延安董事长……”

“创新”是左延安这段时间里谈得最多的，刚刚结束的“两会”上，左延安与媒体和外界说得最多的就是这个话题。左延安登台演讲时自称江汽是“发展中企业，应该说还是属于第三世界”这一小小的幽默，赢得台下阵阵掌声。

左延安说，近几年来，自主创新已经成为我们国人的课题，特别是全国科技大会把自主创新称之为国家的重要战略，要创建创新型国家。为什么现在有这样的环境？是因为我们国家经济发展到这个阶段的必然选择。现在的自主创新是基于工业化、信息化、网络化和大协同并存的时代，我们国家不像欧美，他们已经经历了工业化过程，我们正在经历工业化，但同时，我们不可避免地又置身于信息化和网络化的时代。我们处在这样一个时代，可以整合的资源、可以集成创新的元素是前所未有的，可以运用的创新手段也是空前丰富的。

国家提出原始创新、集成创新、引进消化吸收再创新三个层面，从江汽自主创新的感受来看，我们分为原始创新、发展创新和学习创新。我们都知道研究有三个层面：基础研究、发展研究、应用研究。对于创新来讲，我有这样一个观点，一个企业在不同的发展阶段，在三个创新层面上所投入的资源所关注的重点是连续动态变化的，也就是说像江汽这样的企业，现在要讲原始创新还比较难，可能主要还是学习创新，当然要创造条件逐步进行发展创新，直至基础创新。像国内一些兄弟大集团，他们的实力很雄厚，可以运用的资源更多，在这种情况下进行发展创新是可能的。我们国内很多企业运用集成创新的理念把国内外先进技术和企业自身的条件进行整合，开发出了整车和部分关键零配件，这就是学习创新的成果。第二层意思，不同企业做不同的事，应该有一个时间和空间的合理定位，这样才可以避免资源不必要的损失和浪费。

作为企业来讲，最重要的是要把技术创新转化为产品创新，再转化为市场的竞争能力，企业创新的目标一定要非常明确，不能为了创新而创新。我们加工制造业，或者广义地讲，工业都有这个问题。一定要以最快的速度把前沿技术、市场和客户关注的需求元素做整合，以最快速度把技术变为用户需要的商品，我认为这是非常重要的观念。创新目标应该很清楚，一是提高产品竞争力，二是提升营销能力，三是提升品牌力，最终要提升企业的综合竞争力，这才是自主创新的真正目的。

对于企业，要使我们的技术创新能够引领我们的企业持续、健康、快速地发展。要建成基业常青的企业必须坚持系统创新，江淮汽车从1990年开始即关注系统能力的提升，首先关注技术创新，因为技术创新是先导性创新、基础性创新。仅有技术创新是不够的，技术创新、管理创新、机制创新再加上营销体系创新。江汽系统创新体系是什么概念呢？就是四个支柱，技术、管理、机制、营销体系，这四个支柱是建立在人力资源开发基础之上的。

以创新学习型组织为核心的企业文化建设，这就是上层建筑。左延安认为，一个企业要做到持续发展的话，六大要素作为一个系统必须协调平衡并动态地提升，也不排除在某一个特定发展阶段、特定发展时期，某一要素作为重点突出给予足够的资源保证。比如，在这个阶段技术创新是主要矛盾，在另外一个阶段管理创新是主要矛盾。

江汽的技术创新有一个指导思想，坚持三个原则，建成一个体系。

一个指导思想就是整合全球资源造世界车，以我为主，自成一体，整合提炼，实现超越。以我为主，就是要坚持自主发展，珍视自己的知识积累，我们也是可以做前人没有做过的事情的，敢于、善于运用全球资源，尤其知识资源，形成有鲜明特色的发展模式。实现超越，就是要敢于超越自我，向世界一流企业迈进，打造成国际知名品牌。

坚持三个原则。上世纪90年代初期，我们就提出了技术创新的三个原则：第一个原则，以市场为导向的引进、消化、吸收再创新。第二个原则，能增加效益的创新。这条是非常重要的，有了这一条以后，我们全员都有奔头，都有积极性，你的效率今天比昨天高，你就是做了一次创新。第三个原则，即能创造市场新需求的创新。

建成一个体系，就是建成一套以掌握系统集成技术和产品开发过程管理技术为重点，能够不断提高自主研发能力的体系。在“整合全球资源造世界车”这个思想指导下，近年来在国内外开展了一系列技术合作。在合作过程中，我们也在尝试着走一条新的道路，在和研发机构的合作当中，坚持成果完全自主，过程机动灵活：外方有比较优势的以外方为主，我方配合；我方有比较优势的以我方为主，外方配合；在保证研发成果质量前提下大大降低合作开发成本，这一点我们已经尝到甜头。在整合全球资源上江汽不是盲目地追求超前创新，一定以市场为导向，同时又强调成本合理化，这样的创新成果就能有最高的性价比。十几年间我们通过引进、吸收国内外先进技术，经过多年自主创新，积累了丰富的底盘设计专有技术，通过产学研合作，开发出客车专用底盘快速设计系统，用计算机优化为数字模型，大大缩短了产品开发周期。正是由于底盘的自主创新能力，才使6—9米专用底盘在产品技术性能和市场占有率上一直处于行业领先位置。

江汽坚持将世界前沿技术与我国市场需求有机结合，通过一系列技术创新实现产品创新，通过产品创新实现价值提升。目前，JAC轻卡已出口近百个国家，并形成较高的品牌知名度，已经开发瑞风一、二代产品，并取得了市场的巨大成功。

为建设好技术创新体系，江汽对技术中心结构进行了变革。左延安经常说："结构决定行为，组织结构可以决定发展潜力。通过变革，我们搭起了培养人才的框架，引进一批国外专家作为部分学科带头人，指导、培养我们的年轻技术人员，同时根据优势互补、利益共享的原则，我们积极推进产、学、研合作。建立双边、多边产学研合作机制，对企业的技术进步和产品开发起到了很好的推动作用。"

1997年，江汽和合肥工业大学在研发汽车制造自动化装备方面开展合作，并共同组建"巨一自动化公司"，公司面向行业为多家汽车厂商设计制造生产线。现在巨一公司正与国际一流自动化装备企业合作，共同为江汽轿车生产线提供大型成套装备。

谈起创新，左延安可谓侃侃而谈，思若泉涌。这显然不是一时之念，当是多年来的深思熟虑！

在江汽的"十一五"发展战略概要中有纲领性的三句话：坚持以商用车为基础，巩固和发展在商用车细分市场的领先优势，成功切入乘用车领域。这三句话，高度概括了“十一五”期间江汽发展的战略思想、战略意图和发展愿景。正是这三句话，凝聚了江汽人的心。

心点亮了，前途自然光明起来！

15 中国汽车业界的“民族英雄”

江淮汽车重走长征路，民族工业再现新红军。我们自打算做轿车起，就想到要“爬雪山”、“过草地”，还可能有“四渡赤水”，要进行艰苦卓绝的抗争，要迂回，要以少胜多。延安是万里长征的目的地，也是江淮汽车走向成功的新起点。

是预立，不是冒险

江汽轿车的“准生证”成了好事多磨的悬念。各方准备已然到位，只是“准生证”迟迟下不来。所以，有传言说，江汽的轿车“难产”了。

既然江汽做轿车是为了可持续发展，而并非“圆梦”，纯正的动机使江汽做轿车铁了心！

左延安知道获得轿车“准生证”是迟早的事。2005年开始建设的江汽轿车第一期年产15万辆轿车生产基地即将建成；产品方面也准备就绪，一款代号为江汽HFC7240C的中高档车型已经研制出来。为了优化江汽现有的供应链和体系竞争力，江汽未雨绸缪，从韩国请来一位高级专家，指导乘用车的供应链开发和品质管理工作。

为提升江汽乘用车的核心能力，在建设了与瑞风商务车配套的2. 0L、2. 4L发动机生产线后，1.0L至1.5L排量的发动机也处于筹备阶段。

万事俱备，只等国家批准！按照国家《汽车产业政策》相关规定，江汽完全符合条件，所以，江汽坚信一定会拿到“轿车生产资质”。

左延安的信心有据可依。当年“两会”期间，左延安曾拜访国家有关部委，希望能够得到政策支持。在国家自主创新和自主品牌的大背景下，主管部门支持有实力的企业进入轿车制造业，也在情理之中。

但是，当时也有业内人士认为，在眼下国家发改委清查汽车产能过剩的情况下，江汽能否顺利拿到“准生证”仍是个问号。即使拿到“准生证”，江汽面前也是困难重重。在此之前，主打中高级车市场的自主品牌企业几乎没有一家获得成功：华晨中华铩羽而归，奇瑞东方之子默默无闻，一汽奔腾虽气势不小，但是在外资的围追堵截下也前途难料。江汽能否摆脱自主品牌在中高端车型上的宿命？

江汽当然明白，所以早有准备。江汽拟从C级车入手，先在市场上树立一个高端品牌形象。此款轿车的主要目的并不在于销量，而是要从中高档入手，再向两翼延伸。纵观内地自主品牌企业的生存模式，可谓丰富多彩，如上汽、一汽主要靠合资企业赚取的利润来培育自主品牌，或如有的企业由政府直接投资等。

而江汽进入轿车行业，要靠资本市场认可，显然并不容易！

“联手”风波

就在江汽为轿车“生产资质”奔走、加紧修炼内功之际，一则消息迅速传开：“江汽将与奇瑞联手”。

这则消息最先出自哪里，无从查考，但是在经过多家媒体的“加工”之后，已经变得“有鼻子有眼，跟真的一样了”。

某媒体发表文章称，江汽将与奇瑞汽车进行整合重组，并称“国内唯一拥有两个自主汽车品牌的安徽省，正在对奇瑞、江汽两大汽车企业进行整合重组，以实现‘大安徽汽车’的梦想。目前奇瑞、江汽相互持股的计划已经上报国务院国资委”。“江汽的部分股份将折价转让给奇瑞，江汽的轿车项目将获准使用奇瑞汽车的汽车目录。与此同时，江汽将获得奇瑞汽车的部分股份，同时成为奇瑞汽车上市的发起人之一。”

另一家媒体报道称：本年度国内汽车业最大的重组案即将在长江中游徽商的故乡上演。安徽省正在对奇瑞、江汽两大汽车企业进行整合重组，以实现“大安徽汽车”的梦想。并称目前奇瑞、江汽相互持股的计划已经上报，如果重组方案得以实施，国内汽车业的版图格局将发生重大变化，等等。

作为安徽省内两大汽车企业，江汽上马轿车项目遇阻与奇瑞上市急需资金已经成为业内公开的秘密。当然，这也为双方的合作带来合理的想象空间。

在轿车项目上筹备已久的江汽眼下正急于获得轿车生产许可，已经砸下20亿元用于轿车产品的研发以及生产基地的建设。于是有业内人士猜测，效仿奇瑞当年以20%干股投靠上汽换取轿车生产目录的做法，江汽或可“借道”奇瑞进入轿车业。媒体的猜测，看似合情合理，但是与事实却完全不是一回事。

正所谓无风不起浪。在江汽申请上马轿车项目最为关键的2005年，左延安曾提出“安徽要打造汽车生产基地”的说法。左延安的理由是，安徽距离汽车消费中心市场——长三角、泛珠三角较近，加上煤矿、钢铁等原材料和优秀的人力资源等优势，安徽有成为“汽车生产基地”的先决条件。

随后，这一提法得到安徽省委和省政府主要领导和各方有识之士的认可，在安徽省政府“十一五”规划中，汽车产业已被提到“发展先进制造业”最重要的地位：重点支持奇瑞、江汽、华菱等骨干整车企业和专用车企业发展，推进骨干企业建立战略联盟，使其成为我国自主品牌汽车发展的重要力量。为此，安徽省政府提出重点推进以合肥、芜湖、马鞍山、滁州为主的汽车产业集群，而产业龙头企业之间的整合成为重中之重。

也许就是这些看似巧合的信息，给一些媒体观察家以巨大的想象空间，这才有了“江汽与奇瑞联手”之说。

这个消息很快传播开来，给江汽和奇瑞都带来了诸多不便，至少会干扰江汽轿车项目资质的获批。

针对媒体关于江汽和奇瑞整合重组的报道，江淮汽车紧急发布澄清公告，称“经公司认真核实并征询公司控股股东安徽江淮汽车集团有限公司等相关方，现澄清如下：截至目前为止，公司并无该报道中所称的与奇瑞汽车整合重组等计划”。

随之，奇瑞也否认此事。

一场所谓江汽想“借腹生子”的风波渐渐平息。留下的，还是一堆“藕断丝连”的悬疑。

第三条道路

有人说，江汽和现代最终分手是迟早的事。这一判断基于左延安一贯坚持的“自主”的主张。也正因为如此硬朗作风，在网络上，左延安赢来了“民族英雄”的赞誉。

屈指算来，江汽与韩国现代之间的技术合作长达10年之久。在这10年中，江汽和现代各有收获，总体合作是愉快的。到2007年，双方技术合作暂告一段落，江汽自主造车的“第三条道路”已经收到成效。

随着江汽和现代这一合作段落的结束，今后江汽进入海外市场将不再受到制约。在江汽即将推出的新品以及自主品牌轿车中，也不再有现代汽车的痕迹。从上个世纪90年代中后期开始，江汽和现代就确立了合作关系。实事求是地说，作为江汽最重要的技术来源，其几大产品，如客车、重卡和瑞风商务车等均得益于韩国现代的技术合作。

与许多“不求所有，但求所在”的企业家和政府官员不同，左延安对合资的一贯态度是，自主品牌一定要坚持；可以引进资金和技术，但绝不能因此失去控制权。这也是江汽至今“单身”的重要原因之一。

在左延安看来，没有自主品牌，没有自主研发能力，就不可能实现发展模式的转变。所以他认为，对江汽来说，不仅要赚制造的钱，还要赚技术的钱，更要赚品牌的钱。这也是江汽重视自主知识产权的原因所在。

2004年，江淮汽车发布公告称，公司与韩国现代已达成初步意向，同意将双方原来的技术合作方式扩大至资本合作方式，并按50%对50%的股份比例组建合资公司，投资总额暂定为7.83亿美元。双方将以重型卡车为起步产品，通过不断引进和开发新产品，争取在2010年达到10万辆的生产目标。但是一年之后，韩国现代却与广汽集团闪电签署了《广州现代商用车项目合作基础协议》。项目总体规模为年产各类商用车20万辆，是江汽公告所称的两倍。

江汽和现代的技术合作由来已久，在多年的合作中而不是合资中，江汽处处学习积累，着力进行消化吸收。上世纪90年代末，江汽旗下的合肥客车厂在具有自己底盘资源优势的前提下，和现代签约，引进技术生产中高档客车，然后逐渐吸收内化了现代客车技术。

瑞风商务车的引进，可以说是双方精诚合作的经典之笔，瑞风从上市到现在在MPV细分市场所取得的优秀业绩，相信合作双方都很满意。但江汽最满意的，应该是现代走后，自己完全能有能力自主开发新一代瑞风商务车。

实际上，引进瑞风商务车，走的是常规的技术引进的路子，江汽必须向现代汽车公司支付每辆车的技术提成费。虽然代价较大，但随着对技术的消化，目前瑞风商务车其实已经有了更多的自主技术，并且这种自主造车技术被更广泛地应用到目前已经在市场上热销的乘用车的研发及制造过程中。

尽管与现代组建商用车合资公司失败，但双方格尔发重卡的合作已经为江汽卡车添上了重彩的一笔，更为重要的是江汽有了重卡的技术储备。

有了这些积累和吸收，使江汽加快了乘用车事业的推进速度，从而有能力为中国真正意义的自主品牌添砖加瓦。

延安行

从江汽产品结构的布局来看，瑞鹰承担着从商务车到轿车的过渡的角色。作为江汽旗下的首款SUV车型，瑞鹰甫一上市，便引来一片热评。

瑞鹰的问世，也是江汽“逆势”发展的一个例子。自2005年以来，受国家鼓励消费小排量汽车以及燃油价格不断上扬等因素的影响，越野车或SUV市场并不被看好，那么，在这样的大环境下，突然闯进越野车或SUV领域，江汽瑞鹰有没有机会呢？

2005年7月24日，自主品牌越野车——江汽瑞鹰，在广州车展上正式亮相。该车搭载江汽自主研发的发动机，定位为运动休闲车（SRV）。

因为在江汽一直提倡“新红军精神”的缘故，在瑞鹰刚刚诞生不久，才有了它新生后的长征。2006年是伟大的长征胜利70周年。“红军精神”正是江汽文化中重要的组成部分，因此，江淮汽车公司与公安部联合主办了“瑞鹰携手人民警察重走长征路”大型纪念活动，作为唯一指定用车单位，江淮汽车向活动组委会提供了12台瑞鹰越野型轿车作为活动用车。自9月8日至10月8日，从江西瑞金到陕西延安，沿途经过11个省市，经过整整一个月的长途跋涉，瑞鹰越野型轿车与参加纪念活动的人民警察一道，爬雪山，过草地，经过了不同复杂路况的严格考验，其卓越品质获得了公安系统的高度赞誉。

“最高的山我们已经翻越，最险的路我们已经穿过，我们对这个产品完全放心！”一位来自北京的人民警察如是说。瑞鹰作为“瑞鹰携手人民警察重走长征路”大型纪念活动指定用车，经过了两万五千里长征的严苛考验，进一步验证了瑞鹰越野型轿车的高品质和对复杂路况的适应性，为其成功进入市场奠定了坚实的基础。

瑞鹰重走长征路到达延安之后，左延安应邀到延安举行庆祝活动。因为他的姓名中有“延安”这两个字，所以左延安此行就显得另有一番寓意了。在当天举行的晚会上，左延安激情燃起，挥毫写下一幅自己原创的对联：“江淮汽车重走长征路，民族工业再现新红军”。

2006年10月16日晚，左延安接受了“搜狐汽车”的访问。在这次访问中，涉及一些对江汽来说比较敏感的话题，摘录部分如下：

主持人：今天瑞鹰重走长征路来到延安，延安是中国自力更生、艰苦奋斗的创业精神的发源地，左总，您此次的延安行，对江汽这些年的自主发展道路有何感想？

左延安：这次活动的寓意不言自明。江汽这么多年的发展，走的也是一条非常艰辛的道路，从小到大，现在还算不上大。这么多年持续发展，走到今天是因为胸怀一个信念，这个信念和万里长征的理念一脉相承，我们在传递、发扬长征精神，光大红军精神。正好这次公安部组织这样一次活动，同时纪念红军长征70周年，这个活动是非常有意义的。江汽正好也是处在非常重要的战略转型期，也就是从传统的商用车制造企业逐步发展成为综合性的汽车制造商。

延安是万里长征的目的地，又是从胜利走向胜利的新起点。这个真是不谋而合，江淮汽车前15年有一些进步，取得了阶段性发展成果，而今年是“十一五”开局之年，也是一个新的起点。

从精神层面上，江淮汽车这么多年的实践在传承长征凝缩出来的红军精神。同时江汽继续发展，更需要继续发扬这种精神。前面刚刚落脚，后面又要起步了，到延安我们确实有非常不一样的感悟。

主持人：现在中国市场已经是自主品牌和合资品牌共存的局面，自主品牌一方面有市场份额逐步上升的趋势，另一方面也面临着很多困难和威胁。您认为从目前和未来几年从整体汽车市场全局来看，自主品牌在与合资品牌角力中最大的威胁是什么？

左延安：对自主品牌最大的威胁是：合资品牌在中国汽车市场上制造成本正在逐步降低，这样使得自主品牌过去的成本和价格优势将不复存在。

最典型的例子就是上海大众，大家已经看到，今年以来它的市场表现有了很大的变化。实际上，大众已经意识到自己过去制造成本和采购成本偏高的问题，已经采取了措施在国内采购低成本的零部件。

从整体来看，未来几年，合资汽车品牌的发展趋势是从高到低，从高品质向低成本过渡，从高端车型向经济车型延伸，从大排量向小排量渗透；而自主品牌的发展趋势将是从低成本向高品质攀登。

所以，从这个竞争发展格局来看，自主品牌汽车企业如果再从低端细分产品切入轿车市场的成功机会将会越来越少。

同时，由于汽车的制造技术越来越趋于成熟和通用化，未来的竞争格局无论对自主品牌还是合资品牌来说，都是资源整合的时代。谁整合的能力强，谁的竞争力就强。

主持人：我很喜欢您的这个概念：未来汽车业的竞争就是资源整合能力的竞争。无论对合资企业、中资企业还是民营企业，都是这样。

那么在您看来，未来怎样的资源整合才算是创新呢？

左延安：因为制造技术已经成熟和通用化，所以，对汽车企业来说，对市场的感觉成为最重要的。创新的重点也将在这个方面。

主持人：什么是对市场的感觉？

左延安：首先是要按照市场需求来整合资源，什么样的产品才是消费者需要和喜欢的产品，以此为依据来整合资源。所以，对市场的感觉是考验中国汽车企业资源整合能力的首要因素。

我经常和同事们讲“刀郎成功”的启示。在我看来，刀郎的歌就是资源整合的最好表现。他唱的都是老歌，老歌新唱，加上个性独特的歌喉，他使这些老歌的听众放大了2倍。也就是像我这样年龄的喜欢听老歌，年轻的一代人喜欢听他嗓音和新味道。

他的做法其实很简单：就是对一些大家都熟悉喜爱的旧元素和时代的新元素进行新的整合、演绎，组合出一个老少皆宜的产品。

我觉得，汽车企业目前需要做的正是像刀郎唱歌这样的整合。

《JAC宪章》

《JAC宪章》迄今有两个版本，2006年版和2011年版。应该说，这个文本耗费了左延安的许多心血，是左延安留给江汽的一笔丰厚的管理财富。

2006年，在轿车“准生证”悬而无果的情况下，江汽人耐下心来，就像当年“非典”期间闭门“修炼”一样，开始为战略转型做准备。在大量的准备中，《JAC宪章》的出台，可谓是重中之中。

5月27日，一向低调的江汽为这个沉甸甸的红本本举行了一场声势浩大的发布仪式：万人齐聚、旗帜飘扬，江汽职工合唱团高唱《江汽之歌》，身着火红工装的江汽集团及13个子公司的万名员工把合肥会展国际中心变成了红色的海洋。

一本红皮的《JAC宪章》，翻开它的第二页，“新红军宣言”五个字赫然入眼目。这本被称做江汽未来各项事业健康持续发展的纲领性文件，是其多年来企业文化建设的成果结晶。这是江汽自上世纪90年代开始创建学习型组织以来，在企业文化构建中最关键的一环，当“自强不息，坚定必胜信念；艰苦奋斗，保持创业激情；令行禁止，建立严明纪律；学习创新，持续追求卓越"的"新红军精神"被宣布成为江汽企业精神内核时，群情激动。

在"新红军精神"中，最为核心的一条是"学习创新，持续追求卓越"。它是江汽文化的DNA，体现在"系统思考，团队学习，协调平衡，追求卓越"的企业核心理念中，构成了"组织学习与系统创新力"的核心竞争力。

《JAC宪章》的发布，使江汽在文化建设上有了一个质的发展，学习、创新，建立学习型组织是这个文化的内核。但事实上，创建一种什么样的文化，构建怎样一套文化体系，江汽经历过一段寻觅的过程。

江汽既非合资企业，也非大央企，从客车底盘起家，目前虽然致力于乘用车的开发，向综合型汽车企业转型，但无论从哪方面看，它并不具备太突出的优势。然而，就是这个企业却连续15年保持高速增长势头，并从一个地方小企业跻身中国汽车十强之列。

2005年，汽车行业面临前所未有的严峻形势，利润大幅下滑，江汽依然在基数增大的基础上保持了16.8%的高速增长，特别是其经济效益增长率，在全国14家大型汽车集团中位居榜首。瑞风商务车自2002年面世以来，在不到3年时间里，便跃居MPV市场销量冠军宝座，2006年前4个月依然保持着领先优势；而其新型轻卡也连续两年销量位居全国第二，并大大缩小了与第一名的差距；客车底盘则连续10年保持全国销量第一。

在外界看来，江汽是一个并无太多优势与特长的地方企业，那么它何以能保持如此长时间的持续稳定增长？

如果不是一再追问，左延安是不太愿意就自己的企业“总结”一番的。但是，江汽发展到这个水平上，也确实有可以“总结”的地方了。

细细分析，江汽持续发展这么多年，你就说不清楚它究竟哪一点最突出，而这恰恰是江汽保持持续增长的原因所在。事实上，江汽多年来强调的是经营企业多要素的协调平衡和系统的动态提升。要说江汽是靠技术做起来的，那不客观，因为江汽的技术与很多外资合资企业比还有一定的差距；要说靠管理，江汽在全球化竞争的汽车业里也不是最好的；机制上江汽又不如民营企业灵活，甚至与一些合资企业比也存在差距。那么江汽靠的是什么制胜呢？

结合比较流行的说法，左延安有一个比喻。他说，江汽是一只成长的“木桶”。

左延安说，一个水桶能盛多少水，不取决于其长板，而取决于最短的那块板。每个企业都有自己的长板与短板，江汽的经验是，争取在较短的时间内发现短板，然后迅速把它补上去。比较之下，江汽没有太长的板，也没有太短的板，总是让有限的资源做有用的事，即让资源配置效率最大化。各方面的协调发展使江汽走到了今天。

江汽一直比较低调，一直踏踏实实地做事，没有惊天动地之举，却在不声不响中稳步前行。作为一个完全靠自主发展成长起来的企业，江汽当然是有短板的，也许正是基于这种“木桶说”，这些年，创新和学习一直在江汽的成长中“取长补短”。

“创新”和“学习”，无论是在江汽企业内部，还是左延安本人，都是“高频词”。学习与创新是企业成长的基础与保证。而这个学习的内涵很宽泛，不仅学习知识，学习别人取得的成果，也向自己学习，向自己过去的经验和教训学习，向别人学习，向别人成功的经验和失败的教训学习，向历史学习，向智者学习……通过持续不断地创新和学习，江汽不断消除自己的短板，技术不断进步，产品不断丰富和完善，企业管理水平与人员素质不断提高，企业实力也因此大大提升。

江汽自主创新的指导思想有两句话，一是整合全球资源造世界车；二是以我为主，兼收并蓄，自成一体，实现超越。在这一指导思想的引导下，江汽这个不断成长的“木桶”，它的长板会更长、短板也不会再短。

《JAC宪章》是对丰富的文化元素进行梳理、整合和结晶，是将企业发展中成功的基本原则和要素系统化、规范化、制度化，将领导团队的智慧升华为企业的智慧资产，让过去朦朦胧胧的东西日渐清晰，使过去在经营实践中感性的东西提升到理性的高度，又反过来指导实践。它不是形而上的说教，而是从实践中来到实践中去的经营管理的成果。包括《JAC宪章》在内的系列文本的陆续出台解决了文化建设中“有”的问题。如何用？如何物化、内化？如何落地？如何在经营中发挥作用？这些都需要认真研究。有专家说，分析组织文化并不只是了解领导人期望的、向外部宣传的那些价值观，而是看经过管理实践，有多少价值观被所有的成员接受并体现在工作中。企业文化不是挂在墙上的口号，更不是仅仅用以展示形象的装饰，而是要内化凿刻为企业的思维方式和行为准则，通过行为沉淀为企业的比较优势。

文化落地可归结为八个字“行我所信，信我所行”。首先是“信”，但单纯“信”远不够，最重要的是“行”，所以我们多次提出“实践是管理之本”。有一个典故，什么是圣人？就是自己做到了并传播出去；什么是贤人？就是说出来自己做到了；如果整天挂在嘴边，却束之高阁，依然我行我素，这是骗人。事实证明，集团公司内部的企业也有一些分化，这几年没有认真按照《JAC宪章》去实践的，就会出现问题。反之，认认真真去做的就会获得很好的发展。

《JAC宪章》总共由三大部分组成，解答了“我是谁”、“到哪儿去”、“如何去”的三大主题。它将在未来较长时期内，作为指导JAC集团内部各项经营管理工作的基本准则，以及统领其他管理政策、制度与规范的基础法则。很多外部的行家都是高度认可的，认为《JAC宪章》是“好东西”，把企业经营的方方面面都说明白了。左延安说，这一点内部不要怀疑，不要折腾。深耕说到底就是在“内化JAC之道，物化经营管理准则”上下功夫，“内化”的过程就是修炼的过程，修炼就是沿着正确的方向修炼自己的行为、心性。一方面把价值观体系变成思维习惯，另一方面是把准则变成制度、流程、方法、工具，直至成为职业化素养。

16 “中国最后一个造轿车的人”

有人说我有轿车梦，梦恐怕谁都有，江汽之所以选择造轿车，不是为了圆梦，最主要的原因还是企业可持续发展的需要！江淮轿车获准，产业之幸事，全国关注，行业关注，安徽关注。江汽的加盟使得大家对自主品牌的发展多了一份信心，在与外资品牌的竞争中多了一份胜算的机会。

登高

在2006年底到2007年初，不到两个月的时间里，左延安连续爬上两座山，一座是陕北革命圣地宝塔山，一座是佛教圣地九华山。

爬上这两座山都不是游山玩水，都跟新上的轿车项目有关。也许是这两座圣地的灵性，让左延安苦苦等待了两年半之久的轿车项目终于有了眉目！

左延安是共产党员，在他的行动中应该不会带有迷信的色彩，但是这不妨碍整个事情的发展带有巧合和神秘感。事实上，在偶然和迷信之间，有时谁又能分得清呢。

登临陕北延安宝塔山，是因为公安部主办的“纪念红军长征胜利70周年暨重走长征路”活动。按照事先的策划，队员到达延安后要举行一个庆祝仪式，左延安作为赞助企业的领导应邀出席。左延安早年曾当过兵，对红军精神的感情自然浓厚，加之企业内部也在两年前提出了“新红军精神”的文化理念，所以，左延安在百忙之中抽出时间前往。在活动结束后，他兴致勃勃地去爬宝塔山，那是革命圣地之魂，也是他心目中的精神圣殿。

左延安难得有如此的心情，精神大为振奋，登斯山也，竟自浮想联翩，大有宠辱皆忘之感。取道北京返回，在北京打探正在国家发改委审批中的轿车项目，得到大有进展的消息，喜不自禁，连连感慨：“延安真是好地方，宝地啊，来了一趟，这件事竟有大进展了！”

2007年1月2日，左延安陪同从各地赶来的经销商，上了九华山。不是烧香拜佛，而是开会，关于2007年的事业规划。

作为四大佛教圣地的九华山香火一直很旺，游客常年络绎不绝。山上不仅寺院众多，而且山景奇美，让忙忙碌碌一年的经销商们到这里休息一下，也是不错的主意。当天，九华山上小雪初霁，宾馆的窗户玻璃上挂着迷人的霜花。左延安在谈到江淮汽车2007年事业计划时，当然重点提到了马上即将“获准”的轿车项目，经销商们多了几分底气。江汽新轿车项目即将通过审批，让许多人看到了新的希望，一时间，气氛热烈如火。

窗外山谷中，寺院钟声悠远，室内气氛融融。这不得不让在座的一些经销商把这件大好事与九华山的佛气联系到一起。

1月17日，国家发改委正式宣布，江淮汽车轿车项目通过审批。用行业内流行的话说：“准生证”拿到了！

因为当时有消息说，江汽手中的这张轿车“准生证”可能是国家批准的最后一张轿车“准生证”，所以，左延安被称为“中国最后一个做轿车的人”。

是生不逢时，还是机遇在前

对全球汽车产业来说，2007年注定是个不平静的年份。仅从上半来来看，日本、欧洲、美国等市场均一路下滑。然而，与发达国家汽车市场的低迷形成了鲜明对照的是，中国车市“风景这边独好”。仅上半年,全国汽车产销同比分别增长了22.36%和23.31%，这让中国的车界不能不兴奋！

然而，当江汽人的轿车“生产资质”获批的欢喜还在心头发酵，国内市场上中级车的混战硝烟业已弥漫。

3月1日，南方某品牌汽车打响了“春季降价”战役的第一枪，随后跟南北大众交相呼应。3月7日，北方某品牌全线产品平均降幅5. 5%，有的车企虽未对中级车直接降价，但价值

8000元的保险补贴和GPS赠送等还是让领驭的价格下挫了万元以上。众多业内人士普遍预测，当年中级车的整体行情依然是“乱战”。这种恶劣环境绝不是新车上市的最佳时机。

江汽面临的第一个问题：定位于中级车市场是对是错?

那么，是不是定在小型车就是正确的呢?

“如果一开始就做小型车，然后再往上走会很难的。”左延安认为，通过打造一款中级车，确定江汽在汽车市场的地位更为重要。“作为乘用车的后进者，还是要尽可能做好准备吧。”左延安希望适当调整节奏，可以让江汽走得更稳些。

一时间，媒体的焦点集中在同一个问题上，江汽这家一直特立独行的企业，究竟将如何操作它的轿车项目？它在商用车领域的成功，又能否在乘用车这个完全不同的领域得以复制?所有的问题其实都等着左延安来用事实回答。

然而，素来谨慎稳健的左延安说话依然留有余地。在C926发布的当天，江汽放出风声：这款将在七八月份上市的新车，当年的销售目标约为5000—6000辆。

实事求是地说，这个要求委实不高，因此，有业内人士不禁哂之：“江汽在煲汤！”

是嘲讽?还是调侃?左延安闻之，付之一笑。

从参数上来看，江汽的这款C926轿车，是不折不扣的C级车。从外观设计、配置和市场定位来看，C926瞄准的也无疑是以公务和商务用车为主的中级车市场。但这也成为外界最大的疑问所在，以一个从未接触过乘用车领域的企业，首款轿车产品即定位于中级轿车，是否有冒进之嫌？

当时，与国内其他的汽车企业甚至国际汽车企业相比，在产品线的发展上大都可以分为由高到低和由低到高两种，二者各有利弊：由低端经济车型切入，如国内的奇瑞、吉利等，多数面临着品牌形象攀升困难的问题；而从高端车型进入市场的例子，如上汽的荣威，则多数面临消费者对品牌认同的问题。然而，仅在商用车领域拥有品牌口碑的江淮汽车，面对乘用车这一全新领域，能否再创辉煌？

“如果从经济型轿车开始，很难改变人家对你的定位，然后再往上走会很难的。”左延安认为，通过打造一款中级车确定江汽在汽车市场的地位更为重要，“过去江汽主要在商用车、卡车领域，轿车对江汽是全新的。一个新的品牌要想在市场中立足非常不容易，因此，必须从一开始就以高品质、高性能与高质量来赢得市场认可。”

研发轿车之前，左延安对竞争对手的产品和市场策略进行过认真研究。华晨的中华尊驰和奇瑞的东方之子，这两个在参数和市场定位上最接近C926的对手成为江汽的研究对象。

“它们的低价策略对市场很有冲击力，但很快就回落了，原因就是早期故障率太多。”左延安分析说，即使之后改好了，厂家敢卖，但消费者已经不敢买了。这个档次的可选择车型太多，何必为少花几万元而承担更大的使用风险呢？江汽轿车无疑吸取了这个教训。

“一味追求规模经营的话，如何做得过奇瑞和吉利？我们选择一个高的切入点，也是对自身汽车资源整合能力的考验。前期，我们不追求量，只求树立一个良好的形象，因为接下来还有一系列不同排量的车型准备着。”左延安说。

由此可见，除了一贯的稳健，市场的现实让江淮汽车选择了“高开”的进入策略，而从江淮汽车一贯坚持高品质、强调品牌口碑的策略也可以看出，这款定位于中高端的轿车的主要任务应当是品牌的塑造而不是销量。

未来，左延安的策略显然还是要瞄准小排量。“现在都在讲细分市场，讲合适的定位是对的，但当小排量车进入家庭的时候，就不能太强调定位。”他举例说，像花冠这款车销量已突破1000万辆，没有特色就是这款车的最大特色，所以它才卖得好。

C926似乎正被江淮汽车如此定位，自面世以来，C926在各个媒体的评测中，曾被描述为与蒙迪欧、君威、雅阁、皇冠等多个车型相似。对于这款定位于公务车市场，强调品质、外形中庸，与前辈瑞鹰相比都看不出妙自何处的C926，也许正是一种双重意味的尝试。

“中国最后一个造轿车的人”

2007年9月21日，时任国务院副总理的曾培炎来到合肥，兴致勃勃地视察了江淮汽车。

应该说，关于左延安，曾培炎并不陌生。当初，为了轿车的“生产资质”，左延安曾经向曾培炎汇报，给曾副总理留下很深的印象。从企业的可持续发展的角度来说，左延安和江汽都要感谢曾培炎。

那天，曾副总理视察了江汽轿车生产基地，对基地的规模和现代化程度给予充分的肯定。在听取了左延安关于江汽轿车的发展战略及江汽首款轿车“宾悦”的品牌定位的汇报后，曾培炎肯定了江淮汽车坚持自主发展的路线，并认为江汽宾悦经典、中庸的特征与中国的传统文化具有高度的契合性，提出打造具有中国特色的好车应该成为自主品牌的战略目标。

之后，曾培炎饶有兴致地坐进宾悦车，亲自体验后，对这款车给予了很高的评价：外表美观、内饰精致，而且充分考虑了环保和安全；一个完全依靠自主发展的地方国有企业能够造出这样的好车，让他感到非常欣慰。

最后，曾培炎指出：“促进中部地区崛起”是党中央、国务院从我国现代化建设全局出发作出的又一重大决策，是落实促进区域协调发展总体战略的重大任务，江淮汽车作为安徽乃至全国占据重要位置的汽车制造企业，要在中部崛起的重任中有大的作为，要继续坚定走自主创新之路，壮大自主品牌的实力,为中部及全国经济贡献力量。

此时，曾培炎的这句话最让左延安感动，因为壮大自主品牌和为中国汽车贡献力量，正是左延安这个车界“老兵”内心深处的冲动。

一个多月后，在广州车展上，江汽轿车第一款产品——江汽宾悦正式亮相。这是中国又一款自主品牌轿车，成为那届车展的亮点。

2008年1月17日，江汽轿车生产基地落成暨宾悦轿车批量下线。来自海内外专家、江淮汽车公司领导以及全国200余家主流新闻媒体代表共同见证了这一激动人心的时刻。盛大的仪式，令人炫目，著名影星陈道明到场助兴。

照例，左延安代表江汽发表致辞。那一时刻，没有人能看出左延安的表情与平时有什么不同，然而他的内心深处却是波澜起伏——

2004年9月26日，江汽轿车项目正式启动。

2005年上半年，江汽就向国家发改委递交了申请报告，此后，发改委也曾三次造访江汽。

2005年3月16日，江淮汽车乘用车工业园奠基开工。

2005年的上海车展，当时江汽展出了一款名为“愿景”的红色概念轿车，这似乎充分表达了江汽对轿车的渴望。

2005年、2006年，在意大利都灵和日本东京注册成立了两家研发机构。

2006年年初，江汽进行了公司内部结构变革，成立6大事业部，且专门成立了乘用车生产事业部和乘用车营销事业部，这两大事业部将负责江汽轿车的生产和销售工作。同时，江汽还成立了乘用车研究院，负责江汽乘用车的研发和技术改进工作。

同期，多名日、韩专家被引进江汽，从事研发、制造、品管、营销等领域的指导工作。

2006年11月，在北京国际车展期间，发改委主管领导曾来到江汽展台，江汽轿车何时获批的问题被再次提及。

2007年1月17日，江汽轿车项目获得国家批准。

2007年4月7日，在安徽合肥国际展览中心，来自全国30个省、市、自治区、直辖市的118个城市、330多家汽车品牌经销商申请江汽轿车品牌经销权。

2007年4月20日，第十二届上海国际汽车展W2国际馆，江汽轿车与奥迪、宾利、世爵、大众、斯柯达等世界汽车品牌同馆亮相，展位前人头攒动，成为最佳人气奖得主！

2007年5月31日，江汽首款中级轿车网络征名，有效提名数突破万条。江汽轿车发起此次活动的初衷是将这款自主开发的轿车的命名权交给国内消费者，一方面，集中采纳消费者的智慧和创造力；另一方面，加深消费者对江汽轿车的认知度。

2007年7月26日，江汽首款中级轿车定名为："宾悦"。

……

一幕幕的往事，如同烟花般绽放开来，由不得左延安不激动。此时，他一改往日的理性和沉重的风格，一番热情豪迈，颇有感染力的致辞，给在场的嘉宾和媒体留下了很深的印象。

时过多年，左延安说："有人说我有轿车梦，梦恐怕谁都有。江汽之所以选择造轿车，不是为了圆梦，最主要的原因还是企业可持续发展的需要！"

危机感是江汽决心造轿车的一个重要因素。"商用车企业保持长期快速发展是比较困难的。”左延安说，“我们研究了日、韩商用车企业的发展脉络，发现他们的发展与当地经济增长速度有着密切关系。在经历了亚洲经济危机和日本经济低迷后，日、韩系商用车企业相继走向低谷。”在左延安看来，“发展轿车生产是为了让江汽持续发展下去。”

“不仅国内轿车消费需求很大，这几年随着自主品牌出口之路的拓宽，国外很多人也开始关注中国轿车项目。”左延安曾经不止一次回忆起他在欧洲的那次经历。如果说那次经历让左延安更加坚定了造轿车的决心，那么，“整合全球资源，造世界车”的理念则增强了他的信心：自主品牌轿车的发展要注重自主研发，但也需要整合各方面的资源支持轿车生产。

宾悦的诞生，无论对于江汽，还是对于安徽，甚至对于中国和世界汽车产业都是一件大事，宛若一个新生儿降临大地，必将对这个世界产生影响，同时也接受这个世界的影响。走过40多年的发展历程，江汽像一位慈父般爱怜地抚养着这个可爱的孩子，并给他赋予了一个男子汉的气概定位：度势·行天下！

这犹如一个父亲对儿子的期望！

这犹如一个母亲对儿子的祝福！

这也是江汽人积40多年造车之经验，为江汽未来的发展播下的又一粒希冀的种子……

是生不逢时，还是黎明前的黑暗

2007年，江汽推出的“宾悦”上市后，业绩并不乐观，这似乎在左延安的意料之中。

江汽的轿车项目没有以经济型小车起步，而选择以C级车起步。虽然宾悦的尺寸、配置定位为C级车，但考虑到自主品牌的品牌力弱，江汽宾悦采取了B级车的定价。尽管做了精心准备，随着合资企业产品价格下探，自主品牌在原来具有优势的经济型车领域遭受严重挑战。更重要的是，江汽以往在轻卡领域的成功经验似乎很难移植到轿车领域，作为生产工具的轻卡与作为消费品的轿车，在营销上有很大不同。为了打开局面，江汽也进行了一系列努力，包括邀请知名演员陈道明代言宾悦轿车，在央视的黄金时段播出广告。但是，这一切似乎也没达到预期的效果。

江汽并不气馁。事实上，不怪江汽的“宾悦”生不逢时，整个汽车行业的2008年，可以用“低迷”这两个字来概括。

此时，左延安陷入关于自主品牌汽车发展的思考之中。

2007年，中国汽车业产销突破880万大关，这一前所未有的数字，仿佛一针兴奋剂，把中国汽车产业的活力激发得空前高涨。是的，中国的汽车业在10—20年之内会有一个比较好的发展前景，最重要的前提是，中国的经济在这一阶段处在一个比较高的持续的发展过程。随着国民经济的发展，国民收入得到提高，国民生活质量提升的内在需求增加，中产阶层也随之扩大，这些都给汽车新增市场、更新市场提供非常大的需求空间。为什么全球那么多大的汽车制造商都非常看好中国的汽车市场，就是因为需求的空间太大。13亿人口，我们实际上现在真正有消费能力的大概三到四个亿，那也就是三分之一到四分之一的人口，如果发展到二分之一甚至三分之二的时候，那将是多大的市场潜能。随着经济全球化、汽车竞争的国际化，产业的梯度转移变为现实，过去欧美造汽车，后来亚洲人造汽车，现在大家都到中国来造汽车。在中国，较长的时间内生产制造汽车的要素成本还是有一定的优势。

有高峰就意味着有低谷，高速的增长带来的挑战会越来越大，主要是能源和环境的承载力。我国已经变成一个石油对外依存度超过50%的石油消费大国，很快要变成一个石油净进口国。在这种情况下，对于汽车业的压力是非常大的。资源的消耗、节能减排的压力都会是横在汽车产业发展道路上的一道道坎。

从这个角度来看，小排量车将会受到特别关注，会有一个长期的持续增长。从世界范围来看，日本小排量汽车可以停在人行道上，各种税费减半征收，有很多优惠条件。再加上燃油税，小排量车省油，使得欧洲用户愿意使用小排量汽车。另外消费理念也会不断理性化，中国人要大、爱面子的想法将被整个经济发展大势所左右。在中国，小排量汽车的前景一定不错！

当时，国家一再强调转变发展方式，就是由依靠大量消耗能源、资源的粗放型发展方式，转向主要依靠技术进步和人员素质提高的发展方式。实际上，江汽也早早提出了三个转变，其中有一个转变就是，不但要赚制造利润，还要赚技术利润，还要赚品牌利润，逼着企业做产业升级，提高产品的附加价值，靠品质、靠技术、靠品牌增加价值。

左延安说，中国轿车市场潜力巨大，节能、减排、安全的汽车是汽车产品发展的大方向，要靠技术、品质实现企业的可持续发展。这就是江汽在市场低迷中的思考结论。

换言之，这也应该是中国自主品牌汽车发展的正途。

为中国自主品牌汽车添砖加瓦

作为全国人大代表，左延安每一次参会，都会有所建言，而且都是站在行业的角度，切中时弊。左延安把自己的言行称之为“为中国自主汽车品牌添砖加瓦”，体现了一位企业家的胸怀和气度。

在左延安看来，汽车领域中，是企业与企业之间的竞争，同时也是国家与国家间的竞争。中国汽车企业之间毕竟骨肉相连，为大家做就是为自己做，关注行业就是关注自己。

2008年的“两会”上，左延安首先抛出一个话题：“政府采购应‘倾斜’自主品牌车”。

应该说，左延安的这句话说出了多家自主品牌企业的心里话。左延安说，党和政府十分重视自主创新，全社会也十分关注自主品牌，但这种重视和关注更需要实践层面的支持。其中，政府行为的导向非常关键。如果各级政府不买自主品牌汽车，则不利于民族汽车工业发展。

对此，左延安建议：第一，在各级政府采购部门审批公务用车计划时，规定自主品牌应占公务用车的比例（建议70%以上），从源头上凸现出对自主品牌汽车企业的支持。第二，在政府采购绿色清单中，加大自主品牌汽车的车型和数量。在目前的清单上，合资品牌占90%以上。第三，建议政府在采购车辆时，取消对车辆价格下限的要求。自主品牌相对于合资、进口品牌而言，同类型的汽车产品价格要低得多，甚至低于政府采购规定的价格下限，因而丧失了竞争的机会。第四，在编制招标文件时，要强调性价比。今天的自主品牌在性能和品质等方面已经完全能够满足政府使用的要求，相比合资品牌的汽车，自主品牌的汽车无论从车价还是用车成本上，都要占一定的优势，这也符合国家建设节约型社会的要求。

如果说为自主品牌争取政府支持，多少还有一点“私心”嫌疑的话，那么，关于自主品牌发展的思考，则充分体现了左延安作为汽车业界一个“老兵”的开阔的胸襟。自主品牌应该主动整合运用世界上的先进技术和管理经验，不是所有东西都需要自己做，那样永远跟不上世界汽车工业发展的步伐。

左延安对国家有关汽车产业发展的法律、法规尤为关注。他认为，我国汽车环保标准缺乏对国情和汽车行业的周密考虑，且在燃油品质及配套体系上不能系统进步，对我国自主品牌汽车产业的发展产生了严重影响，建议国家从我国国情出发，对这一标准颁布实施进行科学论证后，建立切实可行的全国各系统联运的机制，以促进环保标准的有序提高。

2009年“两会”期间，左延安又带去两个提案。一是关于“公开汽车上牌数据”的建议：鉴于车辆上牌信息无关国家机秘，无损于汽车行业和消费者的利益。建议公安部认真研究，尽早实现上牌信息的公开，便于汽车企业把握市场需求形势，了解产业发展状况，更好地推动汽车产业的健康发展。二是关于“使用公积金购买汽车”的提案：建议国家创造宽松的汽车消费信贷环境，放宽汽车贷款条件，实施与房地产消费信贷利率相似的利率政策，将住房公积金改为住房和汽车公积金，用于发放优惠的个人住房和汽车的消费信贷。一些选择先不买房的人可以动用公积金来买车，已有住房的，可以用公积金购买第一辆车。

2010年“两会”上，左延安递交了《关于尽快出台汽车租赁法律法规的议案》，更是体现了他对中国汽车长期持续发展的关切。随着汽车产业的发展壮大，消费者用车需求迅猛增加，但相当部分的消费者购买能力却跟不上需求的增长速度。在急需用车的时候，租车便成为大多数人的选择，于是汽车租赁行业从无到有不断扩大规模，但是与汽车租赁相关的法律法规却迟迟没有出台，造成汽车租赁行业存在法律空白。因此，左延安建议尽快出台汽车租赁方面的法律法规，以保障行业健康发展。

2011年3月的“两会”上，左延安带去了他精心准备的十个“议案”和一个“建议”。

作为共和国第一代汽车人，左延安所提交的议案和建议几乎囊括了目前汽车业发展的方方面面：有关于优化商标审查流程的议案、关于修改《商标法》商标申请保护原则的议案、关于修改机动车登记管理条例的议案、建立健全出租汽车行业法律法规的议案、关于制定《商业秘密保护法》的议案、关于修改《道路交通事故处理程序规定》的议案以及关于对新能源汽车免征车辆购置税的建议。这些议案和建议，不仅对于提高行政效率、提高司法资源配置效率都会产生积极的意义，更体现了很高的法律知识水准。

对于汽车业自主品牌今后的发展，左延安认为，中国汽车市场前景广阔、潜力巨大。“关键需要企业耐心去做，沉下心来去做。”“汽车市场‘有一热必有一冷’。如果市场太火爆，麻烦很可能将接踵而至。‘热’的时候，产品质量可能难以得到保障，‘冷’的时候，各种资源浪费放空也不是一件好事。作为汽车企业来讲，我希望能够均衡发展。”谈及当前国内大冷大热的汽车市场，媒体面前的左延安表现出特别的沉稳与冷静。

对于前几年中国汽车工业高速发展引发的诸多问题，左延安认为：“前两年中国汽车工业高速增长，各方面都没有做好充分的准备。国家所提倡的‘科学发展观’，强调全面、协调、可持续。为什么城市交通会出现拥堵现象？这缘于城市规划、道路布局、公共交通与交通管理的落后，以及现阶段的用车理念等因素。”

提倡汽车业均衡发展、科学发展，左延安深信：“中国汽车业在较长的时间内能够适度地增长，并且增长空间很大。”他认为：目前，中国汽车千人保有量还不足70台。从长远来看，汽车业的增长必须适度。就现阶段来而言，调整并非坏事，有利于长远发展。现阶段，必须从汽车行业和环境承载力两大系统找出问题所在，逐步改进，使环境承载能力适应汽车市场协调发展。

领跑新能源汽车

提及新能源汽车，2011年“两会”上，左延安也提出了议案。这一议案，左延安是有感而发。事实上，在江汽的“十二五”规划中，新能源也被提到了空前的重要位置，规划新能源乘用车达到年产能10万辆的产业化规模，年销量达到8万辆。在新能源关键的核心技术方面，江汽近几年加大资源投入，同时整合国内外新能源汽车合作伙伴的资源。

2011年1月24日，江汽首批585辆纯电动同悦轿车正式进入私家车市场，开创了全国纯电动轿车规模投放市场的先河。而在此一年前，江汽集团旗下的安凯客车生产的30辆纯电动客车组成的纯电动公交线路示范运行，成为国内首条纯电动公交线。作为中国新能源客车的“领跑者”，安凯客车是当时国内拥有新能源车型及国家公告最多的厂家，约600多辆纯电动客车在北京、上海、大连、乌鲁木齐、合肥等多个城市示范运营。

对于汽车领域而言，新能源是未来发展的趋势。在这一方面，江淮汽车不算是个先来者，但在商品化速度上却领先一步。

企业是科技创新、投入的主体，也是创新成果运用的主体。所谓正确的时间、地点做正确的事，有限的资源做有用的事，对技术创新而言，在把握好技术进步的大方向的前提下，做适度超前的应用创新是符合江汽的实际情况的。正是在此思想指导下，江汽正确地选择了新能源汽车的研发启动时点，精准地选择了新能源汽车的技术路线，使有限的资源发挥了最大的投入产出效率。

随着中国汽车业的发展，近年来，国家陆续出台了诸多鼓励发展新能源汽车的政策和措施，如新能源汽车示范运营补贴政策等。这些政策体现了国家对能源供需现状的正确判断，体现了国家能源战略和化解能源危机的前瞻意识。另外，气体排放带来全球气候变暖的问题已经引起全世界高度关注，我国已经成为CO_2排放量较大的国家之一，巨大的节能减排的压力无疑对我国汽车工业提出了严峻的挑战。

在能源紧张和面临排放压力的背景下，发展节能与新能源汽车是全球汽车工业针对未来汽车技术进行竞争的焦点和制高点，具有重要的现实意义和战略意义。左延安认为，国家将新能源汽车业作为七大战略性新兴产业之一，重视该产业的发展，是国情所致、所迫。

正是由于左延安对我国经济社会发展和能源危机有清醒的认识，江汽才在合适的时机启动了新能源汽车项目。

压力，反思与信心

由中国制造向中国品牌跨越，中国自主品牌企业在技术创新、整合资源等方面遭遇到了种种瓶颈。“十二五”开局之际，所有中国自主品牌汽车企业都会感到从未有过的压力，左延安也不例外。

随着江汽在行业内的地位的不断提升，左延安在考虑江汽自身发展的同时，也投入更多的精力来关注行业的健康发展，为行业的发展鼓与呼。其实，一个企业之于行业，好比毛和皮的关系，皮之不存，毛将焉附？汽车产业是支柱产业，如果自主品牌不能持续健康成长，不仅影响到国家利益，也会危及企业的生存发展。对行业负责，也是对自己企业负责，左延安在这方面的努力，体现了中国企业家骨子里的儒与智。

在业内，左延安素以目光锐利、见解独到著称，也以敢于说真话、实话颇具影响力。继“关于汽车环保”和“自主创新”的呐喊之后，左延安又对中国汽车业的现状，投去锐利的目光——

企业战略缺失

前几年，中国的汽车产业发展速度很快，很多企业恨不得很快就做到全国第一、第二，然而一时的繁荣暂时掩盖了问题，一旦有风吹草动，这些问题就会显现出来。事实上，由于中国自主品牌汽车企业的发展战略上的缺失，在低迷的市场环境下，自主品牌更容易受伤。

从国外的经验来看，汽车企业的发展有其自身的规律，无论是技术的积累，还是营销网络的成熟，都需要一段相对较长的成长过程。相对而言，中国本土汽车企业的成长环境更加复杂。不同于日本与韩国，中国的自主品牌是在全世界汽车巨头全部进入中国和国内市场国际化、国际竞争国内化的环境下进入市场的。在这种情况下，采取合适的发展策略，为自身的发展壮大赢得时间就显得至关重要。

然而，为了追求快速发展，中国的自主品牌在进入市场时，普遍采取低价入市的策略，依靠扩大规模来谋求发展。结果，虽然自主品牌在短短数年之内就在此前几乎“无人问津”的廉价车领域站稳了脚跟，并在中国汽车市场中占据了举足轻重的地位，却也过早地刺激了合资品牌的产品下探和价格下探，引发合资品牌纷纷加速本土化，其实质就是要抢占自主品牌汽车的市场。

即使自主品牌汽车公司产品的配置与合资公司相当，但由于品牌溢价能力相差甚远，更多的消费者甚至愿意多花1－2万元去购买合资品牌的产品。况且，现实情况是合资品牌在资金与技术实力方面均强于自主品牌，使得合资品牌完全有能力通过价格战来打垮竞争对手，通过牺牲一个细分市场的高利润来实现整体市场的掌控，从而进一步挤压了自主品牌的生存空间。在这种情况下，面对挑战，一些自主品牌决心转型，由追求规模发展为提升品质，希望能够在合资品牌长期称霸的中高端汽车领域分一杯羹。然而，长期低质、低价的发展策略已经大大限制了自主品牌的成长空间。

一方面，自主品牌已经给消费者留下了“低质、低价”的印象，极大地伤害了其溢价能力。另一方面，要提升品质和性能，就必然会增加成本。由于一开始定价很低，利润空间非常有限，所以只能被迫提高售价，而这在当前激烈的市场竞争中，无疑是一招险棋。

当前的中国汽车市场出现了两个赛跑——合资品牌由高品质向低成本赛跑，自主品牌由低成本向高品质赛跑。赛跑过程中，合资品牌丢掉的是品质，自主品牌丢掉的是低成本。但高品质向低成本走比低成本向高品质容易得多，这让合资品牌在这轮比赛中占据了有利形势。

国家战略缺失

虽然自主品牌汽车本身有很多反省的地方，但国家层面的产业发展战略的缺失才是最大的问题。

从国际经验来看，一个产业的成功，尤其是在激烈的国际竞争下持续地成功，离不开国家层面的有效引导与支持，例如美国的金融和IT产业，日本、韩国的汽车、电子产业等，其发展无不得到政府的大力扶植和悉心呵护。在我国，虽然国家出台了诸多汽车产业的发展政策，但这些产业政策的针对性和有效性已经被实践证明并没有对自主品牌形成核心竞争力产生多大的支撑作用。有目共睹的是，今天的中国，虽有近两千万辆的市场规模，却没有培植起几个叫得响的自主品牌，也没有多少拿得出手的核心技术，距离汽车强国的目标依然遥远。

众所周知，战略解决发展的目标和方向，中国要发展什么样的汽车工业，取决于国家的战略定位。是要在整个汽车工业的产业链都有中国品牌的贡献，还是只在产业低端赚取微薄的制造利润？现在在哪里、要往哪里去？这些都是产业战略要明确的问题。因此，国家汽车产业发展战略是制定汽车产业政策和产业规划的重要依据，只有战略明晰，产业政策才能具有针对性和有效性。

这就是中国汽车产业面临的现状：一方面，跨国汽车企业依靠其技术、资本、管理等优势抢占了大片市场，占领了中国轿车市场的大部分，并逐步从中高端市场向低端市场延伸，从整车、关键零部件制造领域向设计、销售及售后领域延伸；同时对核心技术把控毫不放松，加强对自主品牌的竞争、打压。另一方面，自主品牌汽车虽进步明显，但竞争力与跨国汽车企业差距很大，经营规模较小、品牌认可度较低、研发能力薄弱。

因此，中国的汽车产业战略应立足于未来5—10年的经济和社会发展水平，考虑国内经济安全以及汽车产业上、下游相关产业的发展，明确以下内容：首先，明确汽车产业强国的战略目标及具体量化指标，如自主品牌技术水平、市场份额、出口比例、新能源汽车规模等。其次，要明确实现战略目标的战略举措。最后，明确国家、协会、企业等多方各自所承担的责任和义务。企业努力，国家扶持，国民拥护，让中国尽早拥有完整的、自主的汽车工业体系。

有道是，知耻而后勇。左延安说，尽管面临种种困难和压力，对中国自主品牌汽车的未来依然充满信心。这不是夜郎自大，也不是自我安慰，因为形势发展越来越有利。

目前，自主品牌维权的呼声越来越高，从过去的“独唱”到“小合唱”，已经发展到了“大合唱”。与此同时，政府的自主品牌意识正在渐渐增强，相关政策的制定开始对自主品牌倾斜。此外，企业自强意识空前提升，江汽、长城等一批自主品牌正迈开坚实的步伐，顽强前行。大型国企开始进军自主品牌，一汽、东风、上汽、北汽等一大批企业，打起自主品牌的旗帜，浩荡而来。长城、吉利等一批民企异军突起，初展生机。尤其令人欣慰的是，国人对民族自主品牌的认识加深、感情日渐浓厚，成为中国自主品牌汽车发展坚实后盾和不竭的动力……

左延安说，从世界汽车工业史来看，日本、韩国都走出了一条自主品牌发展的成功之路。别人已经做成的事情，我们有什么理由做不成，甚至不去做呢？与狼共舞，是要增强自己搏击市场的力量，提高自己的技术研发水平，进而壮大民族自主品牌。

言之谆谆，情之切切，足见一位中国汽车企业躬耕者的良苦用心和坚定的信念！而这一切，将会对中国汽车产业以及自主品牌发展产生深远的影响。

我们有理由相信！

后　　记

与江汽的接触始于本世纪初，但对江汽这个企业和左延安却是大名久闻了。

2000年以后，因为工作关系，曾多次去江汽采访，因此对江汽在国内业界的影响及其掌舵人左延安的事迹有所了解，但真正有写作这本书的想法，还在因为日后的一次机缘。

2006年初秋的一天，一个特别的机会，笔者在上海第一次见到彼得·圣吉先生，在陪同他去拜见国学大师南怀瑾先生的途中，在高速奔驰的车内，通过翻译，与彼得先生聊起国际上企业学习型组织活动开展的情况。彼得先生的学者语风，严谨而不失生动，精辟的见解和广阔的视角均显示出他学识之渊博。当问及中国国内企业的“学习型组织”建设开展情况时，彼得先生提及了一个企业，那就是江淮汽车集团（JAC），他认为，世界上没有一个100%的“学习型组织”，在他所考察的全球企业中，“JAC是最接近于学习型组织的企业之一”。我对此颇感惊讶，同时，对JAC的掌门人左延安先生也充满了敬意。

于是，便萌生了对左延安这位企业家进一步了解的念头。通过联系、约访多次，都因左延安公务繁忙，未得如愿，直到那年国庆放假。那次采访所留下的印象颇深。两个多小时，左延安把江淮汽车的“前世今生”都说到了，为了便于我理解汽车业中的“行业术语”，还打了很多形象的比喻，整个过程不知不觉就过去了。不过，那天所谈的话题，后来成为写作本书的“纲领”。

应该说，提到江汽和左延安，都有说不完的话题，尤其是对中国汽车产业来说，更是如此。多年来，关于江汽和左延安，媒体的报道浩浩荡荡，各有各的角度，各有各的认识。正因为如此，江汽和左延安的形象才更加真实而生动。在笔者收集资料的过程中，从中得到很多启发，因此对这些同行们表示由衷的感谢。

本书的写作，时间仓促，加之笔力不及，总觉得没有充分表现一个中国汽车企业躬耕者的形象，以为憾。但是，又记起哲人有言：历史会还原一个人的真实。于是，便释然。

感谢对此书有贡献的所有媒体及朋友。

附录　左延安语录

从来就没什么救世主，要生存、要发展全靠我们自己。自己的工厂必须由自己来建设，自己的福利也必须靠自己来创造。任何消极、悲观的情绪都是徒劳，任何懒散、拖拉的作风都是要不得的。

汽车企业必须遵循技术和资金密集的行业发展规律才能生存和发展。

每个管理干部都要学点哲学，掌握一点辩证法，处理好八大关系：大环境与小气候的关系；脑袋与口袋的关系；战斗力与凝聚力的关系；保持一致与创造性开展工作的关系；红与专、德与才的关系；爱与害的关系；传统教育与行为科学的关系；安定团结与转换机制的关系。全体员工特别是中层干部要学习《矛盾论》、《实践论》、《甲申三百年祭》，以史为鉴，切戒盲目乐观的情绪。

在企业发展思路上形成自己的风格特点，如适度超前的产品决策原则，整体规划、分步实施、小步快跳、滚动发展的投资模式，合理配置生产要素，产品水平、工艺水平和管理水平相对平衡协调发展，科学地组织企业结构；在三项制度改革上，存量相对稳定，增量实施变革，处理好兼顾多方利益和建立新的激励机制的关系；以内部的计划经济适应外部的市场经济，处理好积累与分配、大福利和职工工资收入多方面的比例关系。搞好干部队伍的组织建设和思想建设是建立一支过硬的职工队伍的基础与核心。创一流就是练内功，练内功为了求发展，提高竞争能力，创一流是形式和内容的高度统一。

培育优势、形成特色、戒骄戒躁、乘胜前进，不仅是在万里长征第一步胜利后的思考，同时更是对企业发展与队伍建设起着重要作用的清醒剂与兴奋剂。

制胜者，人也。

学习的真正意义是什么？就是提升创新的能力。要培养职工之间真诚对待，要让每一个人养成探究事实的习惯，要向所有可以学的事学习、向所有可以学的人学习，最终达到共同思考、智慧共享的状态。

我们都是系统中的一环、组织中的一员，在我们中间，创造未来的庞大潜力，有待我们去开发。学习便是开发潜力的唯一有效的方法。

企业文化不是管理方法，而是形成管理方法的理念；不是行为方式，而是导致行为方式的动因；不是人际关系，而是人际关系所反映出自身处世哲学；不是工作、服务，而是对待工作、服务的态度。它既根植于公司的一切活动之中，又流溢于公司的一切活动之上。建设企业文化的目的是全面提高企业竞争力，使企业保持永续经营，并通过企业文化建设培育更多的优秀人才从而实现企业的快速健康成长。

职工培训的重点在于培育全体员工的共同价值观、共同行为准则和行为方式。

思想政治工作的着眼点是队伍建设，干部队伍建设要围绕“敬业、创业、奉献，勤政、自律、团结，学习、思考、修炼，开拓、进取、创新”二十四字要求，树立正确的人生观和价值观。

本职工作=日常工作+工作改善。

工作改善是全员的改善，工作改善是永无止境的。

提供免费的学习机会是最大福利。

“系统思考”首先要求我们在处理公司与外部系统、公司内部员工之间的问题时，从公司整体的角度进行考察，寻找思路。这就会避免本位主义，避免推诿扯皮。其次，“系统思考”还有一个含义，就是对出现的某个具体问题来说，要把它看做一个与其他多个问题有关系的系统，即应避免“头痛医头、脚痛医脚”的情况发生。

学习，贵在实践。

一个企业要有多强才能称之为有竞争力的企业?回答是：强到不会被打败才算强。一个企业怎样才能不会被打败?回答是：有一支素质过硬的员工队伍。这支队伍能够不断挖掘生产潜力，开发独特的产品，为用户提供一流的服务。

什么是经理型人才?一是要具备四个能力：有眼光，即对事、对形势、对人的准确判断，有决策能力；会用人；能给所用的人创造良好的工作条件，用其所长避其所短；善于分配资金。二是要特别热爱企业，要酷爱。三是能保持持续的经济冲动，永不满足已有的成绩。四是学而不厌，诲人不倦。具有领导风范：要胸怀宽广、诚实、正直、严于律己、宽以待人、谦虚谨慎、礼贤下士。

一个企业如不学习或以功臣自居，智障就会随之而至。真正的学习必定是修正行为。

怎样建立学习型组织呢？首先要确定学习的新观念：第一个观念是未来唯一持久的优势是比你的竞争对手学得更多，学得更快，最重要的是运用知识的能力。第二个观念是真正的学习是修正行为，首先修正自己，这是真正意义上的学习。

企业小不是美，大也不是美，演绎从小到大的成长过程才是美丽的。

以人为本的管理追求最大限度地发掘人的潜能、创造力，激发员工的工作热情和创新欲望。

大家一定要把对企业发展的担忧变为对企业的关心，把对企业的关心变为企业发展我有责任。

企业持久的竞争力是什么？首先是学习力，包括整合全球资源的能力，你没有学习力，就没有能力整合全球资源。然后是快速行动能力，对市场快速反应的能力。

领导团队和机制是互动的，好的领导团队可以创造好的机制，好的机制可以生成好的领导团队。归根结底，动力的源头在领导团队。

一个好的产品能使企业维持1至3年繁荣，加上管理创新可以维持3至5年的成长，加上机制创新可以维持5至8年的成长。如果不能同时建设优秀的企业文化，到7至8年会遇到“成长上限”。

一个社会有两种秩序，一是法律秩序，一是道德秩序，缺一不可，所以培育人的优秀品格非常重要。

干部的基本功就是发现问题、分析问题、解决问题的能力。

精益思想在江汽，要并行做三件事，一是在提质量降成本方面做微观的点滴改善，称之为百分数效应；二是结合流程改善，就变成了乘数效应；三是知识分享，一个好的观念为众人分享，会产生指数效应。

产品决策，仅仅靠领导人的感悟，是远远不够的。要建立科学的市场调研体系，对市场信息进行去粗取精、去伪存真、由表及里、由此及彼的深度加工。

决策即选择，要有所为、有所不为，天下的事是做不尽的。

将市场大的品种做精，把优势产品做出规模。

江汽的精神就是从来不怕压力，知难而进。

改变不良习惯，养成良好习惯，是最困难的事。最困难的事，我们做到了，就可以形成差异化优势。

人可以改变组织，组织又可以改变人。

企业在所谓最辉煌的时候，最容易犯错误。

树标杆、找差距、谋发展。

学习有三个层次，第一层是“学习”，学仅仅是把获取的资讯和信息变为知识，不是学习的全部；第二层是“思考”，思考很重要，通过思考和实践把知识转化为能力；第三层是“修炼”，通过修炼，把知识能力提升到“觉悟”层面。

只有能够改变自己不良习惯的人才是可以造就的人。

管理的难度在于对“度”的把握。

要将JAC做成永续经营的企业，必须有三个优秀团队：首先是具有卓越的决策力和执行力的高层领导团队；二是非常职业化和专业化的管理团队；三是一支训练有素的员工队伍。

创新、敬业、合作是企业家精神的三大支柱。

品格产生信任，信任产生合作，合作产生优秀团队，优秀团队创造卓越绩效。

“夏天戴草帽，冬天穿棉袄。”企业只有适应环境变化，才能生存发展。

没有创新型企业就没有创新型国家！

只有变化才能带来变化，只有勇于、乐于、善于挑战变化，才能成为适者而生存。

改变被动的唯一方法就是主动。组织变革和文化变革的实现一定是要有思想变革作为保证的，只有思想变革得越主动、越彻底，企业变革才能顺利实现。

将学、思、行三个方面有机结合，把“不知道”转化为“知道”，把“知道”转化为“行动”，让“行动”产生绩效。

附表　左延安荣誉一览表

获奖日期	荣誉称号	授奖单位
1995.4	安徽省优秀经营管理者和五一劳动奖章	安徽省总工会
1995.12	安徽省优秀企业家	安徽省人民政府
1998.12	安徽省优秀中青年企业经营者	安徽省人民政府
1999.4	安徽省百万职工跨世纪赶超工程功臣和五一劳动奖章	安徽省总工会
1999.11	全国优秀质量管理工作者	中国质量管理协会
1999.12	安徽省全心全意依靠职工办企业十佳领导干部	安徽省总工会
2000	全国企业优秀思想政治工作者	中央宣传部、中央组织部、国家经贸委、中华全国总工会
2000.4	全国劳动模范	国务院
2000.7	全国机械工业质量管理小组活动卓越领导者	中国机械工业质量管理协会、中国机械冶金工会全国委员会、中国机械工业思想政治工作研究会
2000.12	安徽省“突出贡献奖”金质奖章和省劳动模范	安徽省人民政府

续 表

获奖日期	荣誉称号	授奖单位
2002.12	新世纪首届全国机械工业优秀企业家	中国机械工业联合会
2003.7	中国汽车工业50年50位杰出人物	中国汽车报
2003.12	“以学习型组织建设为核心的组织能力优化管理”获第十届国家级一等企业管理现代化创新成果	全国企业管理现代化创新成果审定委员会
2004.4	安徽省勤廉兼优的党员领导干部	安徽省纪委、省委组织部、省委宣传部、安徽省监察厅、安徽省人事厅
2004.7	全国机械工业质量管理小组活动卓越领导者	中国机械工业质量管理协会、中国机冶建材工会全国委员会、中国机械工业思想政治工作研究会
2004.12	全国机械工业明星企业家	中国机械工业联合会
2005.3	“实施ERP促进企业管理变革”获第十一届中国机械行业企业管理现代化创新成果一等奖	中国机械行业企业管理现代化创新成果审定委员会、中国机械工业企业管理协会
2005.12	全国用户满意杰出管理者	中国质量协会、中华全国总工会、共青团中央委员会、全国用户满意工程联合推进办公室
2006.3	机械工业企业经营管理大师	中国机械工业企业管理协会
2007.6	“以循环经济为导向的企业管理优化”项目获第十三届中国机械行业企业管理现代化创新成果一等成果奖	中国机械行业企业管理现代化创新成果审定委员会、中国机械工业企业管理协会

续 表

获奖日期	荣誉称号	授奖单位
2007.6	政府特殊津贴	国务院
2008.4	“江汽公司一体化管理体系事例及持续改进”项目获得安徽省第五届企业管理进步成果一等奖	安徽省经济和信息化委员会、安徽省企业联合会
2008.11	纪念改革开放30年——中国汽车工业杰出人物	中国汽车工业协会、中国汽车工程学会、中国汽车技术研究中心、中国国际贸易促进会汽车行业分会、中国汽车报社
2009.1	辉煌60年十大汽车风云人物	人民日报社网络中心（人民网）
2009.1	“HFC7240C/7200C型轿车”项目获得安徽省科学技术一等奖	安徽省人民政府
2009.2	“打造企业软实力的文化整合深耕”项目获第十五届中国机械行业企业管理现代化创新成果一等成果奖	中国机械行业企业管理现代化创新成果审定委员会、中国机械工业企业管理协会
2009.11	全国企业文化突出贡献人物	中国企业联合会、中国企业家协会
2010.4	《文化整合深耕，打造企业软实力》获安徽省第七届企业管理进步成果一等奖	安徽省经济和信息化委员会、安徽省企业联合会
2010.4	《精益生产在企业管理中的实践》获安徽省第七届企业管理进步成果二等奖	安徽省经济和信息化委员会、安徽省企业联合会

续 表

获奖日期	荣誉称号	授奖单位
2010.12	2010中国企业社会责任榜杰出人物奖	新华社新闻信息中心、新华网、新华每日电讯、参考消息、中国证券报、经济参考报、财经国家周刊
2011.11	20年长青领袖奖	《中外管理》杂志
2012.5	合肥市功勋企业家	合肥市人民政府